F. W. Hermanni

Die kulturhistorischen Momente im provenzalischen Roman

Flamenca

F. W. Hermanni

Die kulturhistorischen Momente im provenzalischen Roman Flamenca

ISBN/EAN: 9783744645447

Hergestellt in Europa, USA, Kanada, Australien, Japan

Cover: Foto ©Andreas Hilbeck / pixelio.de

Weitere Bücher finden Sie auf **www.hansebooks.com**

Die

culturhistorischen Momente

im provenzalischen Roman
Flamenca.

INAUGURAL-DISSERTATION

zur

Erlangung der Doctorwürde

bei

hochlöblicher philosophischer Facultät zu Marburg

eingereicht

von

F. W. Hermanni

aus St. Goarshausen.

Marburg.

1882.

Herrn

Professor Dr. E. Stengel

in dankbarer Verehrung.

Paul Meyer sagt in seiner Ausgabe [1] des provenzalischen, anonym und unvollständig überlieferten, von Raynouard „Flamenca" benannten Romanes, Einleitung S. 12 „Il y a beaucoup à prendre dans Flamenca pour l'histoire de la société polie au moyen âge;" ähnlich K. Bartsch in seinem Grundrisse der Geschichte der provenzalischen Literatur S. 19: „Es bietet dieser Roman zwar nicht 'ein stoffliches wol aber cultur-historisches Interesse; der Hauptreiz liegt auf der sitten-geschichtlichen Seite, in dem uns vergönnten Einblicke in das Leben und Denken der damaligen Zeit." Auch Tobler bezeichnet in den Göttinger gelehrten Anzeigen von 1866 S. 1767 gelegentlich der Besprechung der Meyerschen Aus-gabe unsre Dichtung als ein wichtiges culturhistorisches Denkmal, welches über Denkart, gesellige Sitte, ritterlichen Brauch, sittliche und gelehrte Bildung des südfranzösichen Adels im 12. und 13. Jahrhundert wichtige Aufschlüsse gibt und entsprechend der Manigfaltigkeit des Dargestellten zur Erforschung des provenzalischen Sprachschatzes höchst be-deutsam ist. Vergleichen wir nun damit, wie wenig Alwin Schultz in seinem Buche [2] über das höfische Leben zur Zeit

---

[1] Le Roman de Flamenca publié d'après le manuscrit unique de Carcassonne traduit et accompagné d'un glossaire par P. Meyer, Paris 1865; besprochen von Bartsch Jahrbuch VII, 188; Tobler, Göttinger Gel Anzeigen 1866 S. 1767; Mussafia Jahrb. VIII. 113—119; Revue critique 1866 I, 391; (Revue des langues romanes 2, 1).

[2] Dr. Alwin Schultz, das höfische Leben zur Zeit der Minnesänger I. B. 1879; II. Band 1880; besprochen von Weinhold, Literaturbl. für german. und roman. Philologie 1880 Nr. 9; von Kinzel, Zeitschrift für

der Minnesänger und Weinhold in seiner Schrift [1]) über die deutschen Frauen im Mittelalter von dem Inhalte unsres Romanes Gebrauch gemacht haben, so dürfte ein Versuch gerechtfertigt erscheinen, denselben als Quelle für eine culturhistorische Schilderung jener Zeit etwas genauer zu prüfen, namentlich auch daraufhin anzusehen, inwiefern das von Schultz und Weinhold Gesagte mit unsrem Werke übereinstimmt oder von demselben abweicht und ob die Darstellung unsres Dichters mit Aussprüchen andrer provenzalischer Schriftsteller sich im Einklange befindet. Obwol man vermuten konnte, dass Schultz und Weinhold sich vorzugsweise mit deutschen Verhältnissen zu beschäftigen die Absicht hatten, so lehrt doch schon ein flüchtiger Blick auf die von ihnen beigebrachten Belegstellen, dass sie auch provenzalisches, französisches, vereinzelt auch englisches Gebiet berühren; Schultz erwähnt nämlich unsren Roman in seinem Buche etwa 8,[2]) Weinhold [3]) 9 mal; es wird sich aber ergeben, dass bedeutend mehr Material zu gewinnen war. Zwar wird unsre Untersuchung für die Kenntnis der mittelalterlichen Zeit keine wesentliche Bereicherung des von Schultz und Weinhold Gesagten liefern, aber mit Rücksicht auf den internationalen Charakter der Darstellung der Genannten war von vornherein nicht anzunehmen, dass Sitten und Denkungsart auf deutschem, französischem und provenzalischem Boden trotz der

deutsche Philologie XIII, 1 S. 121; von Lichtenstein in der Zeitschrift für deutsches Altertum und deutsche Literatur, neue Folge XIII, 1.

[1]) K. Weinhold, die deutschen Frauen im Mittelalter, ein Beitrag zu den Hausaltertümern der Germanen, Wien 1851. Die soeben erschienene 2. Aufl. der Schrift ist mir noch nicht zugänglich gewesen.

[2]) Schultz citirt I, 205 — v. 2247; I, 207 — v. 5959; I, 219 und 221 — v. 2207; I, 224 — v. 2225. I, 304 — v. 945; I, 443 — v. 593; I, 470 — v. 7708 und 7792.

[3]) Weinhold erwähnt S. 92 — v. 4482; S. 96 — v. 1920; S. 179 — v. 3521; S. 180 — v. 6275; S. 273 — v. 352; S. 358 — v. 397 und v. 602; S. 366 — v. 3240; S. 388 — v. 709.

manigfachen Berührungen und Beziehungen, [1]) die zwischen
denselben stattgefunden haben, durchaus dieselben gewesen
sind [2]). Indessen mag auch unsre Darstellung Mancherlei
bringen, was für französisches und deutsches Gebiet gleichmässig giltig ist, so fragt es sich doch, ob nicht etwa grade
die Provence — Heimat und Entstehungsart so mancher
ritterlichen Sitte, höfischen Brauchs, religiöser und sittlicher
Denkungsart gewesen ist, oder ob nicht zur Zeit der Abfassung unsres Werkes grade das eigenartigste Leben der
Provence bereits erloschen und dem mächtigeren und ein-
flussreicheren Norden erlegen war, oder ob nicht endlich der
Dichter vielleicht auf der Grenze zwischen Nord- und Süd-
frankreich gelebt hat, da er z. B. mehr Städte, Märkte,
Personen, literarische Producte des nördlichen als südlichen
Frankreichs (s. S. 55) erwähnt? [3]) — Wie dem auch immer
sei, eine vollständige Sammlung des von unsrem Romane gebotenen culturhistorischen Materiales und eine fortwährende

---

[1]) cfr. F. Michel, Ueb. v. Morungen und die Troubadours S. 8.
Der französische Dichter Guiot de Provins vergleicht Bibel Z. 272 — 281
das Hoffest Friedrich I. zu Mainz 1184, bei welchem er selbst zugegen
war, mit den Hoftagen des Ahasverus u. s. w., wenn er sagt: „Mar hat
membre du Roi Artu, d'Alixandre et de Juliu et des autres princes vaillanz
qui ja tindrent les corz si granz. Quel cort tint ore Ahasverus! Ele dura
cent jorz et plus; et de l'Empereor Ferri vos puis bien dire que je vi qu'il
tint une cort à Maience. Jeo vos di-je sanz doutance, c'onques sa pareille
ne fu". — Auch erzälen die Troubadours (für Bernh. de Ventadorn siehe
Diez Leben und Werke S. 33) von den hohenstaufischen Kaisern; ihre
Lieder waren in Original oder Uebersetzung an den Höfen der deutschen
Fürsten jedenfalls verbreitet.

[2]) cfr. Histoire litér. de la France XIX, 776 f.

[3]) Als Berechtigung vorliegender Arbeit mag ferner gelten, was
Lichtenstein in der Zeitschrift für deutsches Altertum und deutsche Literatur, neue Folge Band XIII. 1 bemerkt, dass Schultz den Entwicklungs-
prozess dieser denkwürdigen Culturübertragung von französischem auf
deutschen Boden hätte schildern und namentlich hätte dartun müssen,
welchen Antheil an dieser auf deutschen Boden verpflanzten Cultur die
Provence hatte. Dass die wenigen von Schultz und Weinhold aus der
Flamenca citirten Stellen, die dazu noch meist Nebensächliches enthalten,

Vergleichung mit dem von Schultz und Weinhold zusammengetragenen wird unter allen Umständen gerechtfertigt erscheinen. Die Ausgabe von Meyer ist bis jetzt die einzige vollständige Veröffentlichung des in einer einzigen Handschrift [1]) erhaltenen Gedichtes, dessen Verfasser wir nicht kennen. Dass es der v. 1740 [2]) erwähnte Bernardet sei, ist eine zu vage Vermutung; möglich wäre es, dass der Verfasser sich in dem nicht erhaltenen Anfange oder Schlusse genannt oder angedeutet habe, wie wir es aus anderen Dichtwerken sehen. [3]) Was die Zeit der Abfassung anlangt, so führt Raynouard) als Grund für die Mitte des 13. Jahrh. die Nichterwähnung der 1264 angeordneten Fête-Dieu, des Fronleichnamsfestes [5]) an, während unser Dichter doch alle übrigen kirchlichen Feste und Heiligentage genau und bestimmt angibt. Allein ist das Fest denn bereits damals gleich in der

diese Aufgabe nur andeuten, nicht erfüllen, liegt auf der Hand. Meines Erachtens kann eine Culturgeschichte nur auf Grund mannigfacher Specialuntersuchungen geschrieben werden, wie sie z. B. J. Grimm in seinen kleineren Schriften hier und da gibt. Es liegt sonst die Gefahr nahe, wie Kinzel in der Zeitschrift für deutsche Philologie XIII, I bemerkt, eine unmethodische Verwendung der Citate eintreten zu lassen und nicht zu beachten, welchem Jahrhunderte die einzelnen Belegstellen angehören, woraus dann leicht unrichtige und halbrichtige Schlüsse sich ergeben. Dass Schultz seine Belegstellen nicht immer sorgfältig ins Auge fasst, beweisen z. B. folgende Citate: I, 109 Anm. 1, I, 110 Anm. 3 I, 111 Anm. 5; I, 112 Anm. 4; I, 113 Anm. 3; I, 168 Anm. 1; I, 169 Anm. 5; I, 205 Anm. 1; I, 211 Anm. 3; I, 217 Anm. 3; I, 236 Anm. 2; I, 304 Anm. 5; I, 325 Anm. 6. Uebrigens legen wir die hohe Bedeutung seines Buches, abgesehen von dem mit vieler Mühe zusammengetragenen Stoffe vorzugsweise in die von ihm gegebene Anregung; wer auf diesem Gebiete irgend etwas tut, sei es zu berichtigen, sei es zu widerlegen, handelt in seinem Sinne. cfr. Vorrede zu seinem Buche S. 13.

1) Das Nähere siehe Meyer's Einleitung zu s. Ausgabe S. 29 und Bartsch Grundriss S. 19.

2) v. 1740: „innis si non for pen Bernardet, de quem sap mal, quar non plus l'ama".

3) z. B. Bartsch, Chresthom. (4 Aufl.) S. 139, 142, 266 etc.

4) cfr. Hist. litér. XIX, 776 Anm. und Lexique Roman I, 44.

5) cfr. den Artikel „Fronleichnamsfest" in Herzog's Realencyclop.

Gegend des Dichters eingeführt gewesen? Im J. 1264 hat
Urban IV. allerdings dies Fest angeordnet, nachdem es bereits
1247 in Lüttich gefeiert worden; aber Urban starb, bevor
er eine eigentliche Einführungsbulle erlassen, die erst Clemens V.
1311 ergehen liess; eine allgemeine Feier lässt sich erst um
1316 nachweisen und so ist diese Zeitbestimmung bei weitem
nicht so unanfechtbar, wie sie erscheint. Meyer[1] möchte
die Abfassung zwischen 1220 und 1250 ansetzen und meint,
es könnte der Dichter, falls er 1264 überhaupt noch gelebt
hätte, dies erst kürzlich eingeführte Fest absichtlich uner-
wähnt gelassen haben. Bartsch bemerkt gelegentlich der
bereits oben erwähnten Besprechung (Jahrb. VII, 188), es
könnten zu den inneren Gründen für die Abfassung des
Romanes im Laufe des 13. Jahrh. noch äussere, die aus der
Beschaffenheit der Sprache hergeleitet sind, hinzugefügt werden. Vielleicht ist auch ein andrer Umstand für die Be-
stimmung der Abfassungszeit nicht ohne Bedeutung, der,
soviel mir bekannt, bis jetzt nicht geltend gemacht oder nicht
bemerkt worden ist. Es ist dies die auffällige, teilweise wenigstens den Anfang betreffende Uebereinstimmung des zwischen
Flamenca und Guillem de Nivers sich abspielenden Dialogs[2]
mit einem Zwiegespräche, welches Peire Rogier zwischen
Herz und Verstand stattfinden lässt. Jener lautet: „Guillom:
Hilas! Flamenca: Que plains? Gn.: Mor mi. Fl.: De que?
Gn.: D'amor. Fl. Per cui? etc." Dieses:[3] „Ailas! Que plangz?
Ja tem morir. Que as? Am etc." Der Verfasser unsres Romanes hat höchst wahrscheinlich diese Stelle bei P. Rogier
gekannt,[4] ebenso verhält es sich mit den von unsrem Dichter
v. 590 ff. citirten poetischen Stollen, die aber, soweit sie
uns überhaupt näher bekannt sind, schon so wie so älteren
Ursprungs sind, als wir ihn unsrem Romane zuzusprechen im

---

[1] cfr. Introduction S. 21.
[2] Derselbe zieht sich durch die Verse 3954 bis 5724 durch.
[3] cfr. Bartsch Chresthom. S. 83 und Grundriss S. 356, 4.
[4] Diez gibt für Peire Rogier (Leben und Werke der Troub. S. 91)
die Jahrzalen 1160 – 1180 an.

Stande wären [1]) Als weiterer Grund für die Abfassung unsres Romanes etwa um die Mitte des 13. Jahrh. könnte das Ueberwuchern der Allegorie und der Reflexion gelten. [2]) Dazu klagt der Dichter über den Verfall ritterlichen Wesens, [3]) was sich bei den späteren Troubadours so häufig findet. Bezüglich der Gattung der Dichtkunst, welcher unser Roman angehört, sagt der Dichter selbst v. 247: „pero a mas novas vos retorn"; wir würden denselben dem Italiänischen „novelle" entsprechend Novelle, oder hinsichtlich des grösseren Umfangs Roman, und weil derselbe vorzugsweise Sitten und Gebräuche schildert — einen kulturgeschichtlichen Roman nennen. Eine unbefangene Lectüre desselben bestätigt durchaus, was Meyer Introduction S. 1 sagt: „Flamenca est la création d'un homme d'esprit qui a voulu faire une oeuvre agréable où fut représentée dans ce qu'elle avait de plus brillant la vie des cours au XII° (et XIII°) siècle". Wir haben es hier also mit keiner wirklichen Geschichte zu tun, sondern der Inhalt ist, ab und zu an Geschichtliches, an historische Persönlichkeiten [4]) anknüpfend, freie Erfindung des Dichters. Es mag ja immerhin sein, dass sich ein Edler von Bourbon in der Lage des Grafen Archimbaut, des Gatten der Flamenca, befunden und dass man sich in Gedichten über denselben lustig gemacht habe; [5]) es mag sein, dass die Art und Weise, wie

---

[1]) cfr. Birch-Hirschfeld, die den Provenzalen bekannten epischen Stoffe: besprochen von Chabaneau, Revue des lang. roman. 2, 1; Herrig's Archiv 1861, 351; Romania VII, 418.

[2]) Ich erwähne die Stellen v. 227—247; 740—770; 1811—1840; 2065—2140 u. s. f.

[3]) v. 225: „gens non sou cortz aitals cou solo"; v. 237: „ben volenza non es oi mais fins baratz; car si conseil neis demandatz, non trobares, qui jal vos don, si non i conois lo sieu pron". v. 5959: „aquist eron amador fi, petit no son aru d'aitals".

[4]) Raynouard erwähnt Lex Rom. I, 47 einen Grafen Archimbaut VII, gestorben 1150; einen Guillaume comte de Neyers gest. 1148; einen Guillaume IV, gest. 1166; Guillaume V, gest. 1168.

[5]) cfr. v. 1130: „Per tot' Alvergn' en fan cansos e sirventes, coblas e sos o estribot o retroencha d'En Archimbaut cou teu Flamenca".

Guillem de Nivers sich seiner Dame zu nähern gewusst, nicht
vereinzelt [1]) dasteht — der grösste Teil des Inhaltes ist doch
auf Rechnung dichterischer Erfindung zu setzen. Eine kurze
Angabe des Inhaltes findet sich bei Meyer Introduction S. 2—5;
bei Raynouard Notices et Extraits XIII, 2. Teil S. 80—132
und Lexique Roman I, 1—47, wo ein Teil des Romanes ab-
gedruckt ist.

Die Lectüre des Romanes bietet mancherlei Schwierig-
keiten, indem einesteils einzelne Worte, die weder Raynouard
noch Meyer zu deuten gewusst, andernteils ganze Sätze ein
Verständnis nicht gestatten, namentlich auch deshalb, weil
sie für uns unverständliche Beziehungen enthalten.[2]) Aber
trotzdem ist im Grossen und Ganzen der Zusammenhang des
Gedichtes klar. Was uns derselbe nun Culturgeschichtliches
bietet, lässt sich etwa in folgenden Abschnitten zusammen-
fassen:

---

1) Hist. litér. XIX, 787 wird an den Chevalier à la Trappe erinnert, der ebenfalls, um zu seiner Geliebten zu gelangen, die sich in einem
Turme befindet, einen unterirdischen Gang anlegt, der im Innern des
Turmes mündet. In der Biographie von Guillaume de Capstaing lesen
wir: „son die al marit d'ela don el n'ac gran gelosia et enserrat la en
una tor". Molière meint, l'Ecole des maris, Acte I, Sc. 3: „Soyez averti
que renfermer sa femme est un mauvais parti".

Anm.: Irrtümlich ist, beiläufig bemerkt, Hist. lit. XIX, 777 erzält:
„le comte de Gui, son beau-père doit l'amener lui-même à Bourbon"; der
König vielmehr, der auf seiner Reise zum Feste Archimbauts Nemours berührt, soll Flamenca mitbringen. Der Irrtum ist wol durch v. 336 ent-
standen, wo Archimbaut zu seinem Schwiegervater sagt: „o vostra filla
trametes al terme que mes i aves".

2) Manches Unverständliche dürfte vielleicht noch verschwinden, wenn
die Handschrift von neuem copirt würde, was ich mir zu tun vorbehalte.

Ant. Méray's Buch: „La vie aux temps des cours d'amour" ist mir
nicht zur Hand. In der Revue critique II, 329 lesen wir: malheureusement
M. Méray s'est avisé, d'en consacrer la plus grande partie à défendre l'exis-
tence des cours d'amour. Jl n'ya plus à briser de lances contre un fantôme
que la critique de Diez a fait évanouir il y a cinquante ans.

Von Thomas Wright's Schrift: Womankind in Western Europe from
the earliest times to the 17th century (London 1869) sind mir nur die 10
Tafeln zu Gesicht gekommen; es scheint sich auf einen zu grossen Zeit-
raum zu erstrecken und mehr Darstellung als Untersuchung zu sein.

I. Malzeiten und Tischgebräuche.

Als Malzeit finden wir v. 1863 das Frühstück erwähnt, es wird hier wegen der beabsichtigten Reise ziemlich frühe eingenommen. Erhoben hatte man sich beim Erscheinen der Morgenröte, [1]) (der Roman belehrt uns, dass der ganze Inhalt der Erzälung zur sommerlichen Zeit verläuft, cfr. v. 184; 467; 2032; 6655) bevor das erste Zeichen mit der Glocke gegeben war; ehe man frühstückte, ging man zur Kirche. [2]) Dass das Frühstück [3]) im Allgemeinen sonst später stattfand, ergibt sich daraus, dass man es erst nach beendigter Frühmesse zu sich nahm. Es ist möglich, dass man auch bald nach dem Aufstehen etwas genoss; wenigstens erfahren wir, dass die Knappen, bevor man zur Messe ging, an das Essen dachten. [4]) Die erste Hauptmalzeit findet, um die Zeit etwas

---

1) v. 1850: „lo matinet quan l'alba par, Guillem nos fes gaire sonar". Es liesse sich hier ja immerhin die Sache so denken, dass Guillem sich erhob, bevor man ihn etwa mit einer Hausglocke geweckt; dass man sich solcher bediente, erhellt aus v. 1519 ff.

2) v. 1665: „Guillems vai al mostier" und zwar um zu beten, noch vor der eigentlichen Messe, wie später noch mehrmals erwähnt wird z. B. v. 2241.

3) Die erste Hauptmalzeit heisst, um dies hier schon zu bemerken „disnar", die zweite „sopar". v. 6362; 908 etc. cfr. Schultz I, 281, Anm.

4) v. 3104: „del manjar pensou l'escudier e Guillems o l'ostes s'en van al mostier, Domideu pregan".

genauer zu bestimmen, etwa um 9 Uhr Morgens [1] statt; der Held unsres Romanes kommt um diese Zeit nach Bourbon, die Frau des Wirtes, bei welchem er absteigt, bemerkt, dass man noch nicht gespeist hat, dass aber Alles dazu bereit ist.[2] Da man nach der Messe, falls es für gut befunden wurde, badete, so mochte die Zeit der ersten Malzeit auch noch etwas weiter hinausrücken;[3] ja sie kann bis um die Mittagszeit verschoben werden,[4] da man unmittelbar nach dem Bade einiger Ruhe bedarf[5] (cfr. S. 22) Es lässt sich demnach nur feststellen, dass diese erste Hauptmalzeit etwa zwischen 9 und 12 Uhr stattfand. Ebenso wenig lässt sich für die zweite eine durchaus bestimmte Stunde nachweisen. Die früheste ist wol 3 Uhr Nachmittags;[6] vorher läutete es zur Vesper.[7] Aber auch die Abendmalzeit, wie wir sagen möchten, kann viel später eingenommen werden, da die Vesperzeit soweit hinabgerückt wird, dass sie mit Sonnenuntergang zusammenfällt.[8] Die hier gegebenen Zeitbestimmungen kommen mit dem von Schultz I, 280 Mitgeteilten überein; man scheint ganz bestimmte Stunden für die einzelnen

---

1) Man zält nämlich: Morgens 9 Uhr == Terce, v. 3466; Mittags 12 Uhr == Sexta v. 295; Nachmittags 3 Uhr == Nona v. 455; 915; cfr. Scheler's Glossar zu Froissard's Chronique s. v. Nonne.

2) v. 1930: „Vos non cat ges aicar disnat e enans es tot adobat Defora venc vostr' ostes ara, perque non em disnat ancera".

3) v. 3478—3484: „Jels bains es eissitz — maugeron laïns".

4) v. 6362: „vaus lo mieijorn mi disnarai, quan serai dels bans repairada".

5) Dass man schon nach dem Frühmale etwas ausruhte, ergibt sich auch aus v. 3307: „apres manjar Guillems intret en sa cambra, lai si panset".

6) v. 454: „tan tost con fo nona sonada, tut vau manjar et aco pro".

7) v. 906: „fai vespras sonar, quar ben er ora de sopar".

8) v. 8037: „entorn vespras quel soleilz baissa"; es ist nach Ostern, wie aus v. 7199 ersichtlich ist. Dass das Souper auch nach eingebrochner Nacht stattfinden kann, müssen wir aus v. 3316—3327 schliessen. Guillem ruht in seinem Zimmer bis zu eingebrochner Nacht (tro al nug clausa), dann geht er heraus, um dem Gesang der Nachtigall zu lauschen; als der Wirt sieht, dass Guillems Schwermut dadurch allzu gross wird, lässt er ihn eintreten: „quan l'ostes o vole, s'en intreron, per amor de Justi soperon".

Malzeiten nicht eingehalten zu haben. — Die Gerichte, woraus dieselben bestanden, sind gar manichfache; Fleisch spielt indes die Hauptrolle und vorzugsweise solches, welches die Jagd ergibt, dabei auch Mancherlei, was unsrem Geschmacke nicht mehr entspricht. Besteht die erste Hauptmalzeit aus Braten, Brot und Wein [1]), so finden wir beim Spätmale auf dem Tische: Trappen, Schwäne, Kraniche, Rebhühner, Gänse, Hühner, Pfauen, Enten, Kapaunen, Kaninchen, Hasen, Rehe, Hirsche, Wildschweine, Bären; [2]) oder eine andre Zusammenstellung: Nudeln, Braten, Obst. [3]) Was Gemüse anlangt, so meint Schultz I, 290, dass dasselbe vielleicht auf der grossen Tafel erschienen sei; wir lesen indes v. 399, dass die ostels, die Wohnungen der geladenen Festgäste, mit legumis reichlich versehen sind, bei welcher Gelegenheit auch civada, Hafer für die Pferde und cera, Wachs für die Kerzen erwähnt werden. Auch Schnee und Eis [4]) ist zum Kühlen des Weines vorhanden. Als Gewürze finden Verwendung: Pfeffer, Nelken, Muskatnuss, Zittwer; ferner gebraucht man Zucker. [5]) Für

1) v. 1863: „viu trobet e raost e pan teuro", was in südlichen Gegenden wie z. B. in Spanien noch heute Sitte ist, wenigstens Brot und Wein für die arbeitende Klasse.

2) v. 390: „austardas, signes, gruas, perdizes, aucas, gallinas, paons, anetz, capos, conilz, lebres, cabrols, cers, senglars, orsea".

3) v. 942: „neulas", von Raynouard mit „nouailles, ganfré (Honigkuchen), oublie (Hippe)" wiedergegeben und zwar sollen diese Speisen warm gereicht werden, mit „piment"; wie auch Matfre Ermengaud sagt: „que hom fassa prezen a ses amics de neulas am piment"; letztres ist nach Du Cange (Lex. med. et infim. Latinit.) „fait de vin et de miel et autres espices".

4) v. 945: „e glaz' e neu per refretzir lo vi, que non tolla dormir". Schultz citirt I, 304 ebenfalls unsre Stelle, nennt indes nur Schnee als zum Kühlen des Weines verwendet. Die schweren, dazu noch mit Gewürzen versetzten Weine des Südens, waren wol im Stande, den Schlaf zu hindern, wenn man sich auf die angegebene Art nicht zu helfen wusste.

5) v. 402: „espic, canela, pebre, girofle, macis, citoar". Daneben wird „encens" genaunt, Wolgerüche, die in Kesseln auf den Strassen verbrannt wurden, um die Vorübergehenden zu ergötzen v. 409: „quant [hom] i passa tan bon ol, que res non a Monpeslier"; Monpellier war ja der Hauptstapelplatz für derartige Dinge.

die vielen von der Kirche gebotenen Fasttage gab es besondre
Speisen, als Fische, Obst,[1] ferner Wurzelgewächse, Trauben,
Früchte, junges Gespross.[2] Nach dem Essen trinkt man
Wein, wie in v. 575 ausdrücklich erwähnt wird: „quant an
manjat, remanon tut e prendon vi, car nezat era en nissi";
nach vielen von Schultz erwähnten Stellen trank man auch
während des Essens Wein. Absynth wird v. 3075 erwähnt,
allerdings hier nur als Arzenei; er soll namentlich im Monat
Mai besonders zuträglich sein.[3] Sowol vor als auch nach
dem Essen wäscht man sich[4] wie auch gleich nach einer
vollendeten Reise; zum Abtrocknen der Hände beim Essen
bedient man sich der Servietten.[5] Die Tische sind mit Tüchern
bedeckt, welche indes gleich nach der Malzeit weggenommen
werden.[6] Auch, wird mit dem Essen nicht eher begonnen,
als bis sich die Damen alle niedergelassen haben;[7] man
sitzt auf Bänken, die mit Kissen, von gutem Seidenstoffe

---

[1] v. 456: „de mantan guisas an peisso e tut zo que tain a dejun,
ani fruche ques hom troh en jun; squo som peras e cereiras".

[2] v. 510: „nulla res nos pot far d'espiga ni de razas ni de rasim
ni de frucha ni de noirim", was Meyer (Seite 276)• wiedergibt mit: „tout
ce que peut se faire de froment, de racines, de raisin, de fruits, de jeunes
rejetons".

[3] v. 3075: „begses un pauo.. de bon aluisne, car omai lo deu hom
beur' ei tems de mai". Du Cange bemerkt zu alonia (aluine, aloysie, aloino):
„potus species ex vino et absynthio". Da sich in unsrem Romane sonst
keine Notiz über Heilmittel findet, so will ich hier anfügen, dass nach
v. 5680 Muskatnuss als Arzenei gerühmt wird; bei Schultz erscheint Muskatnuss I, 289 als Gewürz; I, 241 als Wolgeruch oder sie dient gar nach
I, 450 dazu, um die bei einem Feste zur Unterhaltung erbaute, von Damen
besetzt gehaltene Burg damit zu bewerfen.

[4] v. 501: „quant an lavat, tut son asis", v. 575: „quant an manjat
autra ves lavon"; v. 1943: „donquas lavatz (nach der Reise) v. 1966:
„apres manjar Guillem lavet.

[5] v. 504: „nous penses, neguns fos aspres dels mandils on ensugolz
mans ans fon ben cascuns belz e plans".

[6] v. 570: „pois [sns] levet hom las toallas" (nach dem Essen).

[7] v. 507: „quan las donas foron acisas, venon manjar".

überzogen, bedeckt sind.¹) Es ist Pflicht der Knappen und
Gesellschaftsdamen oder Dienerinnen, Fleisch und Brot zu
schneiden und vorzulegen, Wein und Wasser zu reichen.²)
Ist das Essen nahezu vorüber, so beginnen die Jongleure,
die ja bei keinem Feste fehlen, zu spielen, zu singen, zu
erzälen;³) es wird hin und wieder ein Tänzchen gemacht,
bis auch die Knappen gegessen und die Pferde zum Kampf-
spiel gesattelt sind.⁴) Abends nach dem Essen geht man
ermüdet von den Anstrengungen des Tages bald schlafen.⁵)

II. Kleider und Waffen.

Als Stoffe, woraus man die Kleider fertigte, werden
erwähnt: Purpur, jedenfalls ein kostbarer Stoff, denn er ist
mit goldenen Sternchen besät,⁶) (der Ausdruck „polpra" bedeutet also nicht, wie wir dabei denken, blos eine Farbe,

---

¹) v. 502: „baue no i ac bauc mais de coissis qu'oran tut cubert de
diaspres".

²) v. 1385: „e moutas vez el la vesia qu'il eissa de la carn tallava
e del pa e pois en donava a sas punzelas bellamen, el vin e l'aiga cissamen".
Flamencas Tun erscheint hier als Ausnahme.

³) v. 584: „apres si levon h juglar, cascus se vol faire auzir".
Die Lieder, die sie singen, die Instrumente, die sie spielen, die Kunststücke,
die sie machen, sind v. 690 f. aufgezält; noch ausführlicher finden sich die
Kunststücke der Jongleure z. B. von Guiraut de Calenso (cfr. Bartsch
Denkm. S. 94 z. 23 ff.) beschrieben, wenn er sagt: „pauca pomels ab dos coltelz
sapchas gitar e retenir, e chanz d'auzelz e bavastelz e fay los chastelz
assaillir, e citolar e mandurar e per catre sercles saillir .... tom de bastou
e de guoson o fai l'en dos pes sostenir; apren mestier de simier e fai los
avolz cecarnir, de tor en tor sauta e cor, mais guarda que la corda tir;
ta radella sia bella mais la cambal fai torto zir". cfr. Schultz I, 412 ff.

⁴) v. 703: „sener.. vos cavallier, quan aurau manjat l'escudier,
faitz vostres cavals ensellar, que pois irem tut biurdar, mais autre [temps]
voil que comens la reïna, e nous bistenz, una danza per cortezia ab Flamenca"; darnach tanzen also die Damen mit einander.

⁵) v. 947: „el joi ques an lo jorn menat eron totas e tut lassat e van
jazer tro l'endema al jorn".

⁶) v. 3413: „una polpr' enrodida ab bellas esteletas d'aur" und v.
6377: „et ac una polpra vestida ab esteletas d'aur florida".

sondern ein Zeug, [1] sogar auch ein Gewand; Schultz beschreibt diesen Stoff I, 262 als einen golddurchwirkten, gestreiften, gemusterten, mit Lilien durchwebt) ferner: „sinbru, nacliu, galabru". [2]) Simbru ist vielleicht isambru, ein Wollenstoff von eisengrauer Farbe; „nacliu" ist bis jetzt nicht zu deuten; „galabru" ist nach Du Cange ein grobes Wollengewebe; cisclaton [3]) ein Seidenzeug. „Drap de seda e de lana" im Allgemeinen erscheinen wiederholt. Nach v. 6385 sind [4]) die „caussas" die hohen Strümpfe [5]) oder Beinkleider, oft von „vermeil samit", einem röthlichen starken Seidengewebe, nicht mit unsrem Sammt oder Plüsch [6]) zu verwechseln, auch von geblümtem, bunten farbigen Seidenstoffe [7]) werden diese caussas getragen. Wenn in unsrem Romane die Leinwand von Rheims [8]) besonders erwähnt wird, so muss sie wol damals als eine gute, wenigstens in gewissen Gegenden, bekannt gewesen sein. [9]) Eine nicht unbedeutende Rolle spielt „vars e

---

[1]) v. 8415: „a lonc temps i aura tesaur c'an n'aura faita vestimenta", nämlich aus der v. 3413 genannten „polpra enrodida".

[2]) v. 3685: „fais mi tallar capa redonda ... de saia negr'o de simbru, de nacliu o de galabru".

[3]) v. 5828: „blisaut portet de ciselaton". Im Jaufre (Bartsch Chrestom. prov. S. 217 lesen wir: „vestida d'un cisciadon", so dass dies ebenfalls Stoff und Gewand bezeichnet (cfr. S. 19). „Diaspres" ist schon S. 16 als Ueberzugsstoff genannt.

[4]) v. 6381: „caussas ac d'un vermeil samit".

[5]) Hosen und Strümpfe werden auch heute noch im Volksmunde als gleichbedeutend angeschen, wenigstens erinnere ich mich, dass auf dem Westerwalde die langen Strümpfe — Hosen (gesprochen Hossen) genannt werden.

[6]) cfr. Schultz I, 259

[7]) v. 5834: „Caussas hac de pali am flors obradas de mantas colors". v. 789: „canzas de pali (ein Seidenstoff) rodat — Strümpfe mit Goldborten".

[8]) v. 5825: „Camis' e bragas ac de tela do Rens, ben faita e esotil o per corduras e per fil". cfr. Touailles de Reims in Le Roux de Lincy Proverbes I, 381.

[9]) Bei Weinhold dtsche. Fr. S. 406 wird die Leinwand von Verona, Valenciennes, Brügge, Marocco erwähnt. Bekannt dürfte übrigens sein, dass schon Plinius hist. natural. 19,2 die von deutschen Frauen gefertigte Leinwand besonders rühmt.

gris", [1] graues oder auch andersfarbiges Pelzwerk; wir hören
von unsrem Dichter, dass es auf dem Feste zu Nemours
mehr „vars e gris" gegeben habe, als gar auf den grossen
Märkten zu Laguy und Provins (cfr. Bartsch Chrestom. Wil-
helm IX. in der Tornada „Pois de chantar".) Dieses Pelzwerk
diente den Rittern im Mittelalter vielfach nicht blos als recht
tüchtig gegen Kälte schützende Bekleidung, sondern auch als
Futter, Schmuck und Besatz kostbarer Gewänder, woher
denn auch der so vielfach vorkommende allgemeine Ausdruck
„vars e gris"; man liebte es, sich solches gegenseitig zum Ge-
schenk [2] zu machen, woraus ein Schluss auf die hohe Wert-
schätzung desselben erlaubt ist. Ein ganzer Anzug, bei
festlicher Gelegenheit getragen, wird uns ebenfalls beschrieben.
Der Held unsres Romanes trägt nämlich Hosen, die wol nur
bis zum Kniee reichen, wo sie von den Strümpfen erreicht
werden, dazu Stiefel, welche in Douay gefertigt sind, ferner
Hemd und Mantel — letzterer dient freilich an der betreffen-
den Stelle zunächst als Kissen, — sodann eine „gonella" (nfz. ist
gonelle = Jagdrock) jedenfalls ein kürzerer Rock, wenigstens
sagt Arnaut de Marsan (cfr. Raynouard Choix V, 41): „garetz
vostra gonella que non sia tro lonja"; zuletzt jene langen Aermel
„margas", die, bis zum Handgelenk enge und an ein andres Ge-
wandstück in der Schultergegend angeschnürt, dann sich erwei-
ternd tief herabhängen. Diese „margas" werden dann übrigens
auch in ähnlicher Weise von Damen getragen, in beiden
Fällen mit besondren Nadeln zugenestelt. [3] Ein mit einer

---

[1] v. 186: „li cors s'njosta bela e rica o pleniera. Auc mais nuila
hom non vi fiera, ni a Llaiec ni a Proïs, que i agues tant e vars e gris e
drap de seda e du lana".

[2] nach v. 3416 schenkt Guillem seiner Wirtin „vestimenta ab pennas
vairas; ebenso v.3500: „bellas pennas vairas .. e foron faitas a Cambrais" ;Cam-
brai muss also solchen Pelzwerkes wegen berühmt gewesen sein. v. 3288
gibt Guillem dem Priester: „uns vestirs blans totz nous e fres ab pena
d'esquirols mores" — ein Kleid, besetzt mit dem Felle des schwarzen Eich-
horns und dem Messner ein solches „ab anheilz blancs", ein mit weissem
Lammfell besetztes oder gefüttertes Gewand.

[3] v. 2200 f: „cm braiss fon et en camisa; un mantel vert ap pena
grisa a mes sot si". v. 2219: „adonca a sa gonella quista" ; v. 2225: „pois si
ensi las margas mout cortesamen ab nn' agulleta d'argent"; cfr. Schultz I, cap. 3.

Kaputze versehener schwarzseidner Mantel [1]) vervollstän-
digt den Anzug, der als ein nach dem Bade zu tra-
gender gelten soll. [2]) Ueber Hemd und Hosen trägt man
noch ein „blisaut" von „ciselaton", einem Stoffe, der nach
Schultz I, 264 bald weiss, bald grün oder rotgefärbt ist (cfr.
S. 17). Der „blisaut" scheint ein Gewand zu sein am Oberkörper
eng anliegend, nach unten weit und faltig, wenn ich
die Worte v. 5829: „fronzit per razon e tiran per lai on
s'atain" richtig verstehe; er würde so allerdings der von
Schultz I, 193 beschriebenen „cotte" entsprechen. Das deutsche
„plialt, pliät" bezeichnet ein kostbares Seidengewebe (cfr.
Godefroy: bliaut), das sich also von blisaut in seiner Bedeutung
wesentlich entfernt. [3]) Dieses Gewand wird um die Hüfte
mit einem Gürtel zusammengehalten, dessen Ende durch
eine Schnalle gezogen bis zum Saum des Kleides herabfällt. [4])
Dieser Gürtel, dessen Schnalle ebenfalls kostbar ist, ist oft aus
Irländischem Leder gefertigt [5]) (cfr. Le Roux de Lincy I,
290) und gilt dann als besonders wertvoll. [6]) Für einen Küster
scheint ein langer, weiter, tief herabreichender Mantel [7]) von

---

[1]) v. 2228: „una capa do negra sais ben faita vest'.

[2]) v. 2230: „e pois assais com ira encapairopatz aisi com hom*
cant es banhatz".

[3]) Es ist auffällig, dass Schultz den „blisaut" I, 226 bald als lang
bald als kurz beschreibt.

[4]) 5832: „li corregeta don s'estrein tro al som del blisaut atein".

[5]) Schultz citirt I, 205 die Stelle v. 2247 als Beleg für das Wert-
volle eines französischen Gürtels, er sagt: „Berühmt waren die Borten und
Riemen aus Irland, der Bretagne und London; aber auch die französischen
waren berühmt, denn Flam. v. 2247: „Guillems ac una gran correia en
la maleta tota fresca ab fivella d'obra francescha". Es ist aber v. 2263
hinzuzunehmen, wo von demselben Gürtel die Rede ist und da sagt der
mit diesem Gürtel Beschenkte: „el cuers qu'es ben dels vers yrlans"; die
Worte „d'obra francescha" beziehen sich also blos auf „fivella"; ein Gürtel
aber von irländischem Leder, mag auch immerhin die Schnalle französisches
Fabrikat sein, kann doch kaum als ein französischer Gürtel par excellence
gelten.

[6]) v. 2264: „li fivella qu'es tan grans.. val en cest païs un tesaur;
assas l'am plus que s'era d'aur".

[7]) v. 3683: „fais mi tallar capa redonda, granda e larga e prionda
de sais negr' o de siubru, de nacliu o de galabru, quem cobri tot d'oris en oris.

2 *

groben Stoff ein passendes Gewand. Als Kopfbedeckung finden
wir eine Art Mütze aus Leinen und mit Seide genäht.[1])
Wie bemerkt, haben auch die Damen jene langen Aermel,
die bisweilen von den Rittern im Turniere als Siegespreis
errungen auf der Spitze der Lanze oder am Schilde befestigt
getragen werden,[2]) ausserdem Handschuhe und Schleier;[3])
die „benda" bedeckt den unteren Teil des Gesichtes; um das
Antlitz einer Dame vollständig zu sehen, muss sie den Teil
des Schleiers, der auch „nasil" heisst, senken.[4]) Die von
Schultz I, 183 beschriebene „rise", auch „schapel, gebende" genannt, lässt das Gesicht frei, bedeckt etwa Haupt, Ohren
und Hals, während nach unsrem Romane die von den Damen
getragene „benda" den Schleiern orientalischer Frauen ähnelt.
Der oben als Männerkleid beschriebene „blisaut" ist auch
Frauengewand,[5]) wie dies auch aus Zeichnungen in Hand-
schriften zu erkennen ist. Schultz erwähnt I, 195 metallene
Spangen, mittels deren der Mantel oben zusammengefasst
wird; hier sollen die abgeschnittenen Haare unsres Helden,
die demnach eine ansehnliche Länge müssen besessen haben,
dazu benutzt werden, um aus ihnen ein Geflechte, das als
Mantelspange dient, herstellen zu lassen;[6]) es erinnert dies
lebhaft an den modernen Brauch, Ringe, Ketten etc aus
Damenhaaren anzufertigen; von Schultz und Weinhold finde

[1]) v. 585b: „un capell liut ben cosut ab seda e moscat menut se
en son cap".

[2]) v. 798: „una marcha de non sai cui ac lasset el som de la
lausa" (zu Ehren einer Dame).

[3]) v. 7792: „Guillems pren la marga corron, desplega la cortesamen,
dedins l'escut la fes pausar".

[4]) v. 2132: „al meins baissern lo unsil"; ebenso sagt Guillem de
Balaun (Parn. O. 34 z. 2): „Quan baisset vas me sa benda".

[5]) v. 3494: „donna, fai ss'el, mantel d'estiu et un blisaut que beus
estiu voil que fassas d'aquest bel drap".

[6]) v. 3590: „nous cujes ges, que las crins arga Na Bellapila, ans los
met en un bel cendat blanc e net et obrar n'a un bel fresel per far affibles
de mantel e per joia lo donava a Flamenca quan fag sera"; cfr. Chevalier
as II. cap. 240: „por honnour de vous fera faire au mantel de vostre barbe
le tassel".

ich nichts Aehnliches erwähnt. — Als unser Held in die
Turnierschranken einreitet, bemerkt der Dichter, dass weder
Kuirass, [1] noch Eisenklinge, Lederwamms, Panzer noch Bein-
schienen [2] den Gegner ihm gegenüber wirksam zu schützen
vermögen. Diese Stücke gehören also nebst den an vielen
Stellen erwähnten Lanze, Schild und Schwert zu der im Turniere getragenen Rüstung; ebenso auch „massa und baston", [3]
Keule und Stock. Für einen nächtlichen Gang zieht unser
Held ein Panzerhemd unter das rötliche Oberkleid und steckt
ein Messer in den Gürtel. [4] Dass jedenfalls mit Kleider-
stoffen, Kleidern und auch Waffenstücken, mag immerhin
mancher Ausdruck dichterischer Ueberschwenglichkeit zu gute
gehalten werden, grosser Luxus getrieben wurde, springt in
die Augen. Was nun die Anfertigung der Gewänder anlangt, so werden wir unterrichtet, dass dieselben, wenn auch
nur teilweise, von Dienern gemacht werden; [5] nicht uner-
wähnt mag übrigens hierbei bleiben, dass das Kleid, dessen
Anfertigung Dienern zugeschrieben wird, für eine Person
niederen Standes bestimmt ist. Nach Schultz I, 152 fertigen
die Damen des Hauses nicht allein ihre Gewänder, sondern
auch die der Männer, nur für die Prachtgewänder gibt es
besondre Arbeiter; [6] in unsrem Romane lesen wir, dass die

---

[1] v. 7007: „coirassa ni laimas de ferre, perpoinz, ausberes ni
garbaisos no y ajudava II. botos".

[2] Arnaut de Mazian spricht (Rayn. Ch. V, 41) von „cauzas d'aciers"
und Arnaut de Carcasses im Roman del papagai (cfr. Bartsch Chresthom.
S. 269) von „cauzas de fer".

[3] v. 1703: „nom portet massa ni basto", weil er seinen Gegner mit
solchen Waffen sofort töten würde. (cfr. Schultz II, cap. 4.)

[4] v. 7465: „El a vestit un albergot desotz lo vermeill sobrecot; un
coutel mes a la sentura". Nach Schultz II, 16 wurde das Messer nach
den Augenöffnungen des Visirs des Gegners oder auch auf dessen Pferd
geworfen, diente auch dazu, dem besiegten Gegner den Gnadenstoss zu
geben, daher — „miséricorde" genannt.

[5] v. 3290: „Nicolaus ... aura'n autres (vestirs) ab anheilz blancs
qu'avia fah us mieu douzelz".

[6] cfr. hierzu Weinhold, dtsche. Frauen S. 115 f.

Frau des Wirtes Peire Gui sich aus einem ihr geschenkten
Stoffe für lange Zeit Kleider machen und sie mit kostbarem
Pelzwerke besetzen wird. [1]

III. Bäder und Badeeinrichtungen.

Unterschied sich das bisher Gesagte nicht wesentlich
von dem, was uns Schultz und Weinhold über dieselben
Gegenstände mitzuteilen hatten, so betreten wir mit dem hier
folgenden Abschnitte ein neues Gebiet. Was Schultz I, 87,
170 u. A. über Bäder und Badeeinrichtungen sagen, bezieht
sich vorzugsweise auf derartige Vorkehrungen, welche in den
Häusern der besser situirten Classen angetroffen wurden. Hier
begegnet uns ein wirklicher Badeort und, nach Einzelnem
zu schliessen, eine Art Badeindustrie. Es werden nämlich
in unsrem Romane die Bäder von Bourbon [2] erwähnt und
in einzelnen Zügen beschrieben. Wir wissen, dass es zwei
Badeorte dieses Namens gibt, nämlich Bourbon-Lancy, Aquae
Nisineji, in der Revolutionszeit Belle-vue-les-Bains genannt,
Dep. Saône-et Loire und Bourbon-l'Archambault, seit 1848
Bourbon-les-Bains geheissen, Dep. Allier: mit letztrem haben
wir es hier zu tun [3]; dieses trug bei den Römern den Namen
Aquae Bormionis und war bekannt durch seine zwei kalten
Mineralquellen und eine eisenhaltige Schwefeltherme [4] von
ziemlich hohem Wärmegrade. Wenn auch die Bäder damals
noch nicht die Rolle spielten, wie heute; [5] — was ja schon

---

1) v. 3410: „A ma hosta na Bellapila, quar non teis ren, ni cos ni
fila, ... darai una polpr' enrodida.... A lonc temps i aura tesaur can n'aura
faita vestimenta ab peuas vairas".

2) 1471: „A Borho avia risc bains; quis vole, for privatz o estrains,
s'i pot mout ricamen bainar".

3) cfr. V. Advielle, Des Extraits de l'ouvrage de N. de Nicolay
(Description générale du pais e duché de Bourbonnais) relatifs aux bains
de Bourbon-Lancy, Bourbon l'Archimbault etc. Paris 1864.

4) Von dem Schwefelgehalte und den sich entwickelnden Dämpfen
muss wol der unangenehme Geruch kommen, von welchem v. 6751 die
Rede ist: „car li bain flairon de prumier; e qui non a trop gran mestier ges
trop voluntiei non s'i bainna".

5) cfr. Chanson de Rol. v. 154.

die unzulänglichen Verkehrsmittel hinderten, — so müssen doch
die Bäder von Bourbon schon in jener Zeit einen bedeutenden
Ruf besessen haben, sie werden nämlich schon sprichwörtlich
erwähnt;[1]) sie werden von Leuten besucht aus Frankreich,
Burgund, Flandern, der Champagne, der Normandie, der
Bretagne und aus andren Gegenden;[2]) sie werden empfohlen
gegen allerlei Uebel,[3]) besonders aber sollen sie mit Erfolg
benutzt werden von Lahmen und Hinkenden,[4]) von solchen,
die an Gicht oder Rheumatismus leiden.[5]) Es gibt in Bourbon
Privatbadhäuser, von denen nach unsrem Romane das eines
gewissen Peire Guizo,[6]) oder Gui (v. 1890: 2232; 3573) sich
eines besonders guten Rufes erfreut haben muss. Der Besitzer war mit Graf Archimbaut befreundet, der die Bäder
selbst ebenso wie seine Frau benutzte, da sie seinem Hause
nahe waren. Nur vornehme Leute badeten da. Als Guillem
von Nivers bei seiner Ankunft in Bourbon Erkundigungen
einzieht, wird er dahin gewiesen.[7]) Dass die Räumlichkeiten,
in welchen sich die Bäder befanden, von den eigentlichen Wohn-
häusern getrennt waren, geht auch daraus hervor, dass, um eine
Verbindung zwischen ihnen herzustellen, ein unterirdischer
Gang angelegt werden muss.[8]) Der Boden der Bäder ist

[1]) cfr. Dit de l'Apostoile, XIII. Jahrh nach Le Roux de Lincy.

[2]) v. 3801: „Quar de Franssa e de Bergoina e de Flandria e de
Campaina, de Nórmandia e de Bretaina i ac assas homes estrains que i
eron vengut per los bains".

[3]) v. 1487: „Contra totz mals i a bains certz".

[4]) v. 1476: „e no i venia rancs ni clops que totz gueritz no s'en
tornes si lo perque i demores".

[5]) v. 5681: „autra vegada d'aquesta gota mi senti, mas quan mi
bainhei ne gari"; v. 6674: „al cor ai una gota".

[6]) v. 1493: „Uns n'i ac plus belz e plus rix, cels de cui er[a]
fo amix d'En Archimbaut .. Montas ves s'i era bainatz car eran prop de
sa maiso. L'ostes ac nom Peire Guizo ... Non s'i bainet si rix hom no
tot s'en epres, et em perdo".

[7]) v. 1887: „a Borbo vene ad orn nona, a quis tot lo meillor ostal e[t]
plus pros hom el plus leial; et hom li dis qu' En Peire Gui.... eral plus
pros hom de la vila".

[8]) v. 2943: „Els bains de l'eire Guizo.... hom poirin far un pertus
sotz terra". cfr. 1503 ff. „En Archimbautz .. sa moillier la[i] menava....

mit weichem Tuffe ausgelegt;[1] in jedem derselben befindet sich kaltes und heisses Wasser, so dass man sich den gewünschten Wärmegrad selbst herstellen kann;[2] dazu ist in jedem Bade eine Belehrung an der Wand angebracht, die über die Eigenschaften und den Gebrauch desselben unterrichtet.[3] Mit dem Eigentümer macht man einen Vertrag, um ungehindert baden zu können.[4] Weiterhin bemerkt man einen Glockenzug, um sich nach aussen hin bemerklich machen zu können.[5] Die Baderäume sind mit Mauern wol abgeschlossen und gedeckt;[6] innerhalb derselben befinden sich noch besondere Zimmer, in welchen man sich nach genommenem Bade ausruhen, erfrischen und auch unterhalten konnte.[7] Die Badezellen selbst sind von innen und aussen verschliessbar;[8] sie bedürfen von Zeit zu Zeit einer tüchtigen Reinigung, wobei alles darin befindliche Wasser ent-

tot avan que dels bains esca, ni eis si descaus nis [de]vesca, garava hen los angles tolz, poissas s'en vai … L'uis dels bainz serret …. pois si vai demoran defors".

1) v. 3470: „Le sols del bains era de tiure tam molz ques hom i pogra escriure".

2) v. 1483: „Et en cascun delz bains naisia aiga tan cauda que bollia ; dans l'autra part, nais aigua freja, ab que li cauda si refreja".

3) v. 1474: „Et en cascun bain pogras trobar escrih a que avia obs". v. 6059: „mais res non val una vegada, so dison letras que lai son".

4) v. 1479: „e bainar si pot quam si volla, non trobara qui li o toila pos n'aura fag plag ni coven ab l'oste quelz loga nilz ven".

5) v. 1516: „E quant a leis venia cors qu'en issis et il fai sonar a sas puncellas o tocar un' esquilleta que pendia dedins los bains".

6) v. 1488: „cascuns (bains) era ben cubertz e claus de murs si com maisos".

7) v. 1490: „cambras i ac en luecs rescos en hom pot paussar't jazer e refrezir a son plazer". 1504 ff. o sa moillier la[i] menava can li volia far pidanza d'alcu solas o d'amistanza. v 6169: „poissas ne mena cascunal sieu: Ot ac Elis, de Margarida fou Claris. Van s'en els bans per deportar e podon las ben solassar".

8) v. 1515: „L'uis deis bainz serret tota via ab una fort clau"; v. 5794: „Pueis s'en issi e l'uis serret; …. las donzellas (die sich mit Flamenca im Bade befinden) non s'obliderou quar aitan tost dins lo fermeron ab una barra grau e ferma que de paret en paret ferma".

fernt und durch frisches ersetzt wird.[1]) Man badet Morgens,
gewöhnlich nach dem man die Messe gehört hat.[2]) Für besonders wirksam gelten die bei zunehmendem Monde genom-
menen Bäder.[3]) Fr. Michel behauptet zwar in seinen Notes
sur l'histoire de la guerre de Navarre de Guill. Anelier (S. 569),
dass diese Bäder dem Besitzer keine Rente abwürfen ; allein eine
unbefangene Prüfung des in unsrem Romane Gesagten scheint
denn doch das Gegenteil darzutun, wenn auch von bestimmten
Mietsummen nicht die Rede ist. Als Guillem mit seinem
Wirte zur Kirche geht, denkt jener an seine Liebe, dieser
an seinen Gewinn.[4]) Bei seiner Ankunft in Bourbon fragt,
wie bereits mitgeteilt, unser Held nach dem besten Absteige-
quartier und dem besten Wirte; man nennt ihm Peire Gui,
der sich bereit erklärt, ihn zu herbergen und freiwillig hin-
zufügt, dass er Raum für 100 Ritter mit ihren Pferden habe.[5])
Eine solche umfassende Einrichtung, mag sie immerhin etwas
grossprecherisch klingen , trifft man denn doch wahrlich nicht,
sei es im gastfreiesten Lande, blos um Gastfreundschaft üben
zu können; ausserdem gibt Guillem bei seiner Abreise
dem Wirte nicht allein mancherlei Geschenke, sondern
auch Geld.[6])

----

1) v. 6743: „Barons los bains faitz bels o genz, lavas los totz ben
d'or en or e gitas tota l'aiga for ques ara i es, pois venga fresca". cfr.
1499: „E tene sos bains mout ben garnitz e ben escobat[z] o politz".

2) v 3465: „Apres la mess' els bains si met e fon ben tersa quan
n'issi".

3) v. 5686: „E per so baimnar mi volria, ... quel luna es a re-
contorn"; v. 3264 ff.: „el luna sera dema nona, o bainar ni'ai en l.ora
bona".

4) v. 2270: „Amdui s'en van dreg al mostier, mais non son ges d'un
consirier, quar Guillems a som pensamen tot en amor, qu'als non enten,
e l'ostes pensa de gazain e conssi appareil som bain, car bes pensa que
l'endema sos ostes aquis bainhara".

5) v. 1910: „pro i a estables e soliers e cambras a cent cavalliers"

6) v. 6919 f.: „Guillems .... pren a comjat bon e breu d'aissels
que dec, e vai s'en leu, quar deniers ni draps ni vaissolz laissa tant de
bons e de bels, que tos tems mais s'en gauziran sos hostes ab lo capellan".

IV. Formen des höfischen Verkehres.

Wir beobachten zunächst in unsrem Romane, dass bei
keinem Zwiegespräche, sei es zwischen Höher- und Nieder-
stehenden, Fremden, Bekannten, Freunden, Vertrauten, Ver-
wandten, überhaupt ein höfliches Anredewort fehlt;[1] der
Gatte redet die Gattin mit „donna“[2] an, sie entgegnet mit
„seuer“[3] und stets in der 2t. plur.,[4] ist dem Gatten gegenüber
von seiner Gemalin die Rede, so wird sie mit „madonna“ bezeichnet;[5] betritt der Hausherr das Zimmer seiner Gattin,
so erhebt sie sich und geht ihm entgegen,[6] ähnlich wenn
er sich hinwegbegibt. Dass Anrede und Begrüssung zwischen
Liebenden noch an Wärme zunimmt, ist natürlich. Der Ritter
benimmt sich der Dame gegenüber in der allerhöflichsten
Weise, er verbeugt sich tief, kniet auch wol nieder,[7] wie
vielmehr der Geliebten gegenüber.[8] Dafür sprechen auch
jene sogenarnten „saluts d'amour“; Beispiele davon siehe in
Herrig's Archiv 32, 258; in Mahn's Werken I, 173, II, 133
u. s. f.; ausführlich sind sie beschrieben von P. Meyer in:
„Le salut d'amour dans les lit. prov. et franç.“ Paris 1867.
Auch in unsrem Romane findet sich[9] ein solcher des näheren

1) cfr. Durmart, Anm. 1793.

2) v. 47: Le coms fes sa mollier venir, ... „Donna“ fai s'el“.

3) v. 54: „Seuer, fai s'il“.

4) v. 49: Der Gatte zur Gattin: „Vos avez, som cug, anzit“, umge-
kehrt v. 66: „car m'o dizes, trop m'en esclai“.

5) v. 37: Die Freunde und Ratgeber des Grafen sagen: „Pero a
madovan parllaz“.

6) v. 6663 versagt Flamenca in Folge des Zerwürfnisses diese Ehre:
„et anc sol per lui uo[s] levet c'ora ques annes o vengues“.

7) v. 5847: „Davan si donz s'aginollet ...... e sopleguet li tro al
pes“; er redet seine Dame mit „donna“ an, sie ihn mit „bel seuer — cel
qu'anc non monti ... vos salv' cus gart“; er: „doussa donna“; v. 6383:
„desempre s'amiliet ... [o l'enclinet]“.

8) v. 6405: Die Dame sagt zu ihrem Ritter: „Belz amix“, und er:
„ma donza donna“. Sehr artig ist auch die v. 264 beschriebene Scene.

9) v. 7096 f.: „doas ymages ben formadas i ac faitas tan sotilmen
vivas semblavan veramen. Sil d'avan de ginoilz estet e dreg vaus l'autra

dargestellt. Anf der „Carta" sind zwei Bilder gemalt, welche die Liebenden sprechend getreu gezeichnet wiedergeben. Die eine Figur in knieender Stellung hat eine Blume im Munde, welche das erste Wort der Verse berührt; auf der entgegengesetzten Seite geht eine Blume von dem Ende des Verses aus und ragt an das Ohr einer zweiten Figur, neben welcher sich Amor in Engelsgestalt befindet, sie gleichsam einladend, die Worte, welche die Blume darreicht, anzuhören. Wie die Damen solche Liebeszeichen zu würdigen wissen, erfahren wir ebenfalls; sie, die Empfängerinnen, entfalten und falten solche Grüsse zu wiederholten Malen; [1] sie drücken sie an die Brust; morgens beim Aufstehen werden sie betrachtet und es wird leise mit ihnen gesprochen; beim Zusammenlegen sollen sich die Figuren so berühren, als wenn sie sich küssten u. s. f. — Auch über das Verhältnis zwischen Eltern und Kindern empfangen wir einige Belehrung, wenn uns erzält wird, dass der Vater mit dem Sohne über ein zu veranstaltendes Familienfest Rats pflegt und ihm die gesammte Anordnung überträgt; der Vater redet den Sohn mit „bel fils" und „Du", der Sohn den Vater mit „Sie" u. „bel sener paire" an. [2] Die Tochter fügt sich dagegen bereitwillig in das von Vater und Mutter über sie Beschlossene auch hinsichtlich ihrer Verehelichung; [3] der Beratung über diese Angelegenheit wohnt sie allerdings bei; [4] hier offenbart sich denn auch die

susplejet; nna flors l'issi per la boca que totz lo[s] caps dels verses tocha; et a la fin autra n'avia quel[s] pren atressi totz els lin ols men' ensem totz a l'aureilla de l'autr' emage, ou consuella en forma d'angel fin' amors qu'entenda so quel mostral flors".

[1] v. 7123: „Soven las plegon e desplegon"; v. 7136: „Sobr'en son pletz las mes soven". v. 7141: „Cascun mati, quan si levet, l'emage de Guillem miret et ab honor parlet suau".

[2] v. 126: „Bels fils, ... tu o fai tot et tu o mena"; v. 109: „Nous esmagnes, bel sener paire".

[3] v. 273: Adone li piucella somris, e dis: „Senher, ben faitz parer quem tengas en vostre poder, qu'aissim donas leugeramen; mais, pos vos plas, ieu i consen".

[4] v. 43: „Le coms fes sa mollier venir, Flamenca non i vole giquir".

elterliche Liebe, die, auch nach der Verheiratung ihrer Kinder,
in stetem Verkehre mit denselben zu bleiben wünscht und sie
lieber, abgesehen von andren Gründen, unter weniger glän-
zenden Verhältnissen in der Nähe als in schwer erreichbarer
Ferne wissen will. 1) — Zwischen Herr und Diener, Ritter und
Knappe, Dame und Gesellschafterin oder Dienerin herrscht
ein höflicher Ton, der namentlich in letzterem Falle sehr ver-
traut werden kann; redet die Gesellschafterin die Dame mit
„dona" an, so erwidert diese bisweilen „amiga, bell' amigueta",
cfr. v. 4195; 4230; 4237; v. 4475: „Margarideta, bella sors,"
v. 4396: „ai, bella dous' amiga mia"; v. 5527: „ma dousa
res"; die Gesellschaftsdamen gehören allerdings auch den
höheren Ständen an. Ganz besonders befleissigen sich die
Knappen, selbst edlen Geschlechtern entsprossen, höfischen
Wesens; vor einer Dame knieen sie nieder und stellen sich
ihr zur Verfügung; 2) dagegen begrüsst sie die Dame ebenfalls huldvoll, hebt sie mit eigner Hand auf, 3) redet sie mit
„barons" an, fragt nach ihrem Befinden 4) und verabschiedet
sie mit: „a dieu sias vos comandat", v. 6641; etwa dem
Süddeutschen „Behüt Gott" entsprechend. Etwas befremd-
lich will es uns klingen, wenn in unsrem Romane auch einmal Diener seitens ihres Herrn mit „barons" angeredet
werden. 5) Der Sprecher ist der Wirt Peire Gui, es erinnert

<hr>

1) Flamenca kann auch den König von Slavonien zum Gatten
haben, aber ihr Vater sagt v. 24: „anc paires tan gran mal [no] trais
per sa filla con ien trairia, s'en aissi tos tems la perdia"; v 19: „Mais
voil quo sia castellana e qu'ieu la veia la semana ol mes o l'an una vegada,
que sos reïna coronada per tal que non la vis jamais". Flamencas Mutter
sagt gar v. 54: „glazia m'esteinon s'ieu ja o voil ni o volrai. Car m'o
dizes trop m'en esclai; volrias dones qu'ieu tramezes la ren del mon c'al
cor plus m'es?
2) v. 6446: „Pero tost son aginoillat davan la domna bellamen;
cascus die: Vostre mandamen farai eu, domna volontiers, aissi aves dos
escudiers".
3) v. 6454: „Cascun a pres ab la man nuda e fes los de genoils
levar".
4) v. 6639: „Il lur dis: „Baron, consi va?
5) v. 5743: „Barons, los bains faitz hels e genz."

uns dies an die in Süddeutschland und Oestreich herrschende
Sitte, jeden Höhergestellten mit „Baron" und „gnädiger
Herr" anzureden. Aber auch Leute höheren Standes befleissigen sich im Ganzen Niederen gegenüber eines höflichen
Benehmens; der ritterliche Guillem begrüsst seinen Hauswirt
mit „sener" v. 1899, während dieser jenen Morgens mit einem
„guten Morgen wünsche ich Euch, edler Herr" anredet und
sich dabei höflich verneigt;[1] etwas stark klingt es auch
immerhin, wenn der König des Paradieses selbst um seinen
Schutz angerufen wird.[2] Allgemeine Sitte war es, in der
österlichen Zeit[3] Jeden mit „deus vos sal" zu begrüssen,
wobei das Bemerkenswerte nicht in der Form des Grusses
liegt, sondern darin, dass grade diese Zeit Anlass zu einer
solchen Sitte gibt, ähnlich wie heute noch in Russland. Die
höflichste Form für das einfache „Ja" ist wol das v. 5724
erwähnte „plas mi," wie ja auch das Einschiebsel „sius plas"
fast niemals fehlt. Es ist, wie wir aus unsrem Romane ersehen, offenbar Jedermanns Bemühen und Gewohnheit, im
Verkehre möglichst höfliche Formen, nicht blos im grossen
öffentlichen, sondern auch im häuslichen und vertrauten Kreise
zu zeigen. So begrüsst weiterhin der Veranstalter eines
Turnieres die geladenen Gäste auf verschiedenartige Weise
je nach Art der persönlichen Bekanntschaft, den Einen küsst
er, den Andren umarmt er, dem Dritten ruft er ein Will-
kommenswort zu, einen Vierten empfängt er in mehr förm-

---

1) v. 2233: „Bels sener, bon mati vos don'ieu";

2) v. 3066: „Le reis de paradis vos salve, bel sener, eus gart", und
die Entgegnung: „Hostes, deus vos don bona part d'aiso que vos m'aves
orat".

3) v 2410 f: „Al mostier s'en van ambedui, non troban cella ni
cellui que nou lur diga: „Dieus vos sal"! Usages es del tems pascal que
volontier totz hom salut". In Russland begrüsst man sich bekanntlich in
der Osterzeit mit: „Christ ist erstanden". Dass dies „Deus vos sal"
eine auch sonst übliche Art des Grüssens ist, sehen wir auch bei Schultz
I, 410; aus Girart de Rossilho, Arnaut de Carcasses (Bartsch Chrestom.
S. 269); Raimon Vidal (Raynouard Choix III, 404): „a dieu vos coumnu"
und als Gegengruss: „et ieu vos a sa maire".

licher Weisse [1] Im Festsaal selbst, worin sich die Gäste
unterhalten, begrüsst man sich ebenfalls, wenigstens ist es
Sitte, dass der Festgeber jeden Einzelnen anredet und dass
solche, die sich einer besonderen Beliebtheit erfreuen, laut
bewillkommnet werden. [2] Auch die landläufige Entschul-
digung „Nehmen Sie es nicht übel [3]" kehrt zum öfteren
wieder, sowie das Danken. [4] — In einem schneidenden Ge-
gensatze zu dieser Höflichkeit des Verkehres und der früher
an den Tag gelegten Innigkeit steht allerdings, dass Archimbaut, von der Eifersucht aufgestachelt, seine Gemalin schlagen
will; gehindert daran wird er einmal dadurch, dass er in
das Zimmer derselben stürmend Gesellschaft findet und durch
die eigne Ueberlegung, dass in diesem Falle Schläge doch
nichts nützen. [5] — Vielleicht findet hier die Bemerkung eine
geeignete Stelle, dass es im geselligen Verkehre auch nicht
an Scherz, Witz und sonderbaren Vergleichen fehlt, ohne
dass etwa blos, wie Schultz I, 477 sagt, die Freude an
verfänglichen Situationen den Anlass zu spasshaften Bemer-
kungen gegeben hätte. Dass Guillem de Nivers der Dame
Flamenca den Hof macht, um zu unsrem Romane zurück-
zukehren, ist ein offenes Geheimnis; der König sitzt im Saale
neben Flamenca; als Guillem eintritt, erhebt sich jener mit
der Bemerkung, dass er hier doch nun wol überflüssig

---

1) v. 7273: „En Archimbautz a pron que fassa, car l'us baisa e
l'autr' embrassa, l'us saluda e l'autre acueil".

2) v. 7499: „Ben sia vengutz le pros el rix el mentagutz" — infeu
Alle Guillem bei seinem Eintritt in den Festsaal zu und hören auf zu
tanzen, denn '„sa mas [es] larga et sondosa et a ben donar volontosa".

3) v. 7618: „Nous o tengatz, seiner, a mal".

4) v. 7910, 7618 etc.: „sener, merces".

5) v. 1014: „anc non cujet esser abhora dins sa cambra ques atrobes
sa mollier quo la bates". v. 1261: „bat la"; v. 1128 will er ihr die schönen
Haare abschneiden oder sie töten, oder nach v. 1313 sie in einen Turm
sperren, aus dem sie ohne seinen Willen nicht herausgehe, „e sia pendutz
per la gola, si n'eis ses mi". v. 1292: „el batres que m'enanzara? v.
1285: „tos temps o si auzit dire, que batres non tol fol consire".

sei. [1]) Graf Archimbaut wird, während er in seiner Eifersucht tobt und brummt, mit einem jungen Hunde verglichen, der an einem Knochen nagend knurrt; [2]) er selbst glaubt sich mehr gefürchtet, wenn er einen grossen Bart hat; [3]) man vergleicht ihn, weil er so sorgfältig umherspähet, mit einem Geyer; wenn Guillem in der Kirche durch eine Oeffnung des Lettners nach der Eingangsthüre schaut, ist er gleich einem Habichte, der ein Rebhuhn erblickt. [4]) Der Priester, der Guillem selbst, als er das Messneramt übernommen, die Haare geschnitten, soll seinen Lohn dafür bekommen, denn seinen Barbier muss man bezalen. [5]) Als Glöckner läutet Guillem so stark, dass Glockenturm und Münster sich darüber wundern. [6]) Bleiben die Damen dem aussen Wachehaltenden zu lange im Bade, so nennt er sie Gänse, die das Wasser nicht verlassen mögen. [7]) Ausserordentlich ergötzlich ist ferner die Scene, als Flamenca zu Hause angekommen, ihren Dienerinnen zeigt, wie sie sich ihrem Ritter gegenüber benommen, der in der Kirche fungirend ihr den Segen reicht, und wie sie unter den Augen des eifersüchtigen Gatten mit jenem sich zu verständigen gewusst. [8]) Ihrem Gemale gegenüber stellt sie sich zu Hause krank; als er aber das Zimmer verlassen

---

[1]) v. 7338: „Domna, per mon grat ja Guillems vengutz non sa fera, quar ieu sai ben, qu'en petit d'ora quant res aures parlat ab lui, aures oblidet qu'ieu sai fui".

[2]) v. 1512: „poissas s'eu vai, si coma goz c'om geta de cort jangolan ques vai per los osses trian".

[3]) v. 1566: „Major pavor aura mi douz sim vez barbat e guinhonut".

[4]) v. 1564: „grifon semblet o esclau pres"; v. 3120: „Guillems vaus lo pertus colleia, si con fai austors a perdiz".

[5]) v. 3603: „Senor, tenes vostre loguier, que pagar den hom son barbier".

[6]) v. 3637: „quant venc a sonar lo clas fos lo tam ben qu'eis lo cloquiers s'en meravilla el mostiers". Oder auch andre komische Stellen z. B. v 1251: „Ab aquest mot si lev' eu trot o vai ades al plus que pot, e vol sus pels d'amon daval, auza sos paus o fai lo bal de la pagesa hon plus corre".

[7]) v 1549: „Mai voles bain que non fan aucas".

[8]) cfr. v. 4490 ff.

hat, springt sie auf und macht eine spöttische Bemerkung,[1]) oder sie meint, sie könne nicht schlimmer daran sein, als wenn sie eine Nebenbuhlerin oder eine Schwiegermutter hätte.[2]) Auch wird der Herr Gemal höhnisch „Der Alte" genannt,[3]) der selbst ausruhen und fett werden will, wie es einem Alten geziemt.[*)] Die Grenze des erlaubten Scherzes scheint aber weit überschritten, wenn Archimbaut auf die Frage nach dem Befinden seiner Gattin eine ausweichende Antwort erhält, wobei eine der Gesellschaftsdamen eine kaum zu nennende Pantomime macht[·)] und dazu lachen sich die Damen ins Fäustchen. — Abgesehen von den individuellen Zügen, wie sie unser Roman bietet, ist Vieles dem von Schultz Mitgeteilten (cfr. I, 403, 410 etc.) ähnlich, Anderes mag als eine Bereicherung des Stoffes gelten.

V. Freigebigkeit[6])

ist die am meisten gepriesene Eigenschaft eines höfischen Mannes.[7]) Schultz bespricht dieselbe I, 468; 498: 503. Der Bote empfängt für geleistete Dienste ein entsprechendes Ge-

1) v. 4530: „Aitau gasana qui es gilos ni envejos e malastrucs aisi com vos".

2) v. 4179: „car per reu pejurar nom pogra, s'agues neis rivala e sogra".

3) v 6161: „Tu as ver dig, so dis le vieils". v. 6165: „D'aisso qu'an dig au trop gran juee Flamenca, que nos poc tener de rire".

4) v. 1304: „Repausar m'ai per esser gras car repausar si deu home veils".

6) v. 4588: „Seuer, so respon Margarida, ben agra obs mieilz [fos] garida; e fail de la lenga bo[sa]i (tire la langue?). Cascuna en som poin s'en ri".

6) cfr. Jac. Grimms kl. Schriften II, 173 über „Schenken und Geben".

7) Vom Dauphin d'Auvergne wird erzählt, dass er durch seine Freigebigkeit die Hälfte seiner Grafschaft geopfert habe, cfr. Raynouard Choix V, 121. Arnaut von Marsan gibt den Rat: „Lares siatz en despondre et aiatz gentz ostan ses porta e ses clau" und Arnaut von Marueil singt (Ray. Ch. IV, 411): „Couoissensa e largessa son las claus de la proeza".

schenk,[1]) besonders wenn er, wie in unsrem Romane, in
einem so wichtigen Auftrage eine so günstige Antwort bringt.
Ganz besonders sind es die Jongleure, welche bei Festen für
ihre Mühewaltung reichlichen Lohn davontragen[2]) und
dann die edlen Geber bei Andern zu rühmen wissen; aber
freilich scheinen ihnen die errungenen Gaben nicht allzusehr
am Herzen zu hängen, weil, wie wir aus der unten citirten
Stelle ersehen, sie ihre Habe im Spiele vergeuden, gemäss
dem Sprichworte: „ce qui vient par la flûte, s'en va par le
tambour". Der Messner, für den Guillem eingetreten, wird reich
beschenkt mit Gewand und Geld, ja sogar mit Mitteln aus-
gestattet, um zwei Jahre in Paris studiren zu können.[3]) Der
Wirt und die Wirtin erhalten ansehnliche Geschenke, wenn
man ihr Haus verlässt, aber auch schon vorher, hier in solchem
Masse, dass der Wirt sich Sorgen macht, wie er sich dafür
erkenntlich zeigen soll.[4]) Der Priester, mit welchem der
Held des Romanes vielfach verkehrt, der jeden Tag sein
Tischgenosse ist, wird ebenfalls bedacht; auch die Armen
gehen nicht leer aus.[5]) Eine besondere Sorgfalt wird darauf
verwendet, dass die Gäste sämmtlich bei irgend einer festlichen Gelegenheit ihre Geschenke erhalten;[6]) die Schatzkammer muss dann wol vorgesehen sein.[7]) Der Festgeber

[1]) v. 74: „el cavallier n'auran bon grat car tan ben t'i au ajudat;
e, part lo grat, sie Dieus bem do, n'auran, s'ieu posc, bon guizardo".

[2]) v. 996: „Chascuns s'en vai fort ben dizent e tenent tut per ben
pagat d'En Archimbaut, car el a dat alz juglars tan quel plus mendix, sol
non o joc, pot esse[r] rics".

[3]) v. 3641: „Nicolaus .... s'en ane a Paris per apenre"; v. 3647
„Quatre marcs d'aur li donarai, o cascun an lo vestirai"; v. 3650: „Vens
l'aur, e per la vestimenta veus aissi XII. marcs d'argen e pot s'eu vestir
ben e gen."

[4]) 2257: „Le pessamens en ara mieus consius en renda guisardo".

[5]) v 464: „Anc a la cort res no sofrais mais paubre a cui hom
dones so que i sobret, que nos perdes".

[6]) v. 128: „Gelegentlich der Vorbereitung zum Hochzeitsfeste heisst
es: „En vol que sias pros e larcs".

[7]) v. 113: „En vi l'autre jorn lo thesaur, de cinq anz en sa es
cregutz tant que ja non er despondutz".

3

lässt sich durch nichts, sei es das schwerste Herzeleid, wie
hier, abhalten, dieser Pflicht zu genügen;[1] ja er weiss es
denen, die seine Gaben bereitwillig annehmen, noch Dank.[2]
Dass eine so ausgedehnte Freigebigkeit bedeutendes Vermögen voraussetzt, ist klar, wird sie doch bisweilen in solchem
Masse geübt, dass selbst die Empfänger erstaunen.[3] Aber die
Freigebigkeit muss auch in der rechten Weise[4] geübt werden;
man muss es ihr anseben, dass sie mit Bereitwilligkeit und
mit Freuden vollzogen wird, nicht etwa in gewinnsüchtiger
Weise, da man Gegengeschenke erwartet, zögernd und be-
rechnend.[5] Worin nun die Geschenke bestehen, erfahren
wir aus vielen Stellen, auch bei Grimm in der erwähnten
Schrift. Gold und Silber, Geld und Tuche, Becher, Löffel,
Pokale,[6] Kleider,[7] letztre namentlich oder die dazu dienen-
den Stoffe, auch Pelzwerk und Borten scheinen eine grosse
Rolle zu spielen, nach unsrem Romane erhält der Priester
und sein Diener, die Wirtin und auch die Festgäste Gewänder.[8] Es sind für ein Fest mancherlei Gaben
bereit, die den Rittern und den eben erst zu Rittern
Geschlagenen verabreicht werden, Kleider, Geld, Lanzen,
Schilde, Schwerter, Halsberge, Streitrosse.[9] Im Einzelnen

1) v. 964: „tot son tesaur gent adubri e largamon don' e despen".
2) v. 966: „e saup li bon qui del sieu pren".
3) v. 962: „tut li ric homen el baron si meravillan don es pres so
qu' Eus Archimbautz a despea".
4) v. 1675: „[ben] dec aver bonn sabor so que det Willems per
s'onor, car am donar avan cil querre".
5) v. 1664: „Sos dons non hac sabor de venda, car s'[us] dona
non sce tot promessa, non es mais angoisa de pessa, e qui trop fai sou
don attendre, non sap donar ni doin a vendre, e si dos promes es tost
datz, si meneis dobla e sos gratz".
6) v. 383: „Aurs et argens, deneir e drap, copas e cullier et ensp".
7) v. 215: „Anc en la villa nou remas bona rauba ...., e qui la
vole aver en dos aver la poc, sol disses tan daus part lo comte la deman".
8) v. 3287: „E voil que vos aias del mieu, uns vestirs blans".
9) v. 412: „cinq cens pareilz de vestimentas totas de polpras, aur
batut, e mil lauzas e mil escut, mil espazas o mil ausbercs ostan tut pres
en un allerc, e mil destreir tut sojornat".

werden noch erwähnt jene Gürtel, mit denen man grossen Luxus getrieben zu haben scheint; [1] auch die Becher, [2] woraus man Jemand zugetrunken, werden, wie auch Grimm anführt, verschenkt, ferner Ringe. Als eigenthümliche Geschenke von Seiten der Braut an den Bräutigam figuriren Moschus und Ambra; [3] die Damen erhalten Schulter, Stirnbänder, Gimpen, Mantelspangen, Arm- und Fingerringe, Beutelchen mit Moschus; [4] die Knappen rote Fähnlein, die an der Lanzenspitze flattern und Goldstickereien. [5]

VI. Frauendienst

ist nach der in unsrem Romane gegebenen Schilderung einfach eine ritterliche Pflicht, der man sich nicht entziehen kann; es sind indes vorzugsweise verheiratete Damen, denen man seine Dienste widmet. [6] So beklagt sich die Heldin unsres Romanes [7] über die Ritter ihres Landes, dass sie es nicht wagten noch würdigten, sich ihrer anzunehmen; der Held weiss es sehr wol, dass ein wahrer Ritter Minnedienst

---

üben soll, was er bisher noch nicht getan hat,[1]) wenn er
auch alle Schriftsteller, die hierüber handeln, gelesen hat.[2])
Es ist eine Art Vasallendienst,[3]) die Dame repräsentirt den
Lehnsherrn, der Ritter den Vasallen. Nach der hier ent-
wickelten Anschauung gebietet gewissermassen eine höhere ·
Macht dem Ritter, so zu handeln, ebenso der Dame. Dass
es mit Gefahr verbunden ist, einer verheirateten Dame seine
Dienste zu widmen, verleiht dem Minnedienste noch einen
besondren Glanz, da derselbe in diesem Falle besondere
Klugheit, Kühnheit, Umsicht und Mut erfordert. Nach unseren
Anschauungen bemessen ist dieser eigentümliche Dienst, der
im Mittelalter eine so grosse Rolle spielt, durchaus verwerf-
lich, lag es doch auch nahe genug, alle Schranken zu über-
springen, wie es wol auch hier und da geschehen ist:[4]) auch
unser Roman ist nicht frei von der Schilderung allerlei ver-
fänglicher Situationen. Weinhold tadelt Schultz,[5]) dass er
Sitte und Sittlichkeit nur nach den Auswüchsen geschildert
habe und Lichtenstein[6]) bezeichnet die von Schultz I, cap. 7
gegebene Darstellung als einseitig und verweist mit Recht
auf Kudrun, Erec, Girart de Rossilho; sicherlich kann eine
Zeit, die noch solche Frauen aufweist, welche einen solchen

---

[1]) v. 1776: „Nom po[!] estar segon joven ques el d'amor non
s'entrameta".

[2]) v. 1772: „legit ac totz los auctors que d'amor parlon e si feinon,
consi amador si capteinon".

[3]) cfr. F. Michel, II. v. Morungen und die Troubadours. S. 116—120.

[4]) Emérie-David sagt Hist. Litér. 19, 478: „Les moeurs de ces
temps de galanterie nous ont accoutumés à tant d'exemples d'insouciances
de la part des maris comme à tant de vengeance atroces, que nous ne
sommes pas plus obligés de croire à la chasteté qu'aux égarements des
dames, chantées par les troubadours." Gausbert de Puycibot (Hist. Litér.
19, 205) muss sollst bekennen: „qu'ab bel semblant triebador mi saup
gent enfolletir e sa falsedat cubrir, tro m'ac pres per servidor. Pueis, quan
fo de mi aizida, nom poc far mais de gandida sos lougiers talanz, qu'ans
que passet l'anz aizic un fals prejador ab si sotz son cobertor".

[5]) cfr. Literaturbl. f. german. u. roman. Philol. 1880, Heft 9.

[6]) cfr. Zeitschrift für deutsches Altertum und deutsche Literatur
XIII, 1.

Opfermut, eine solche Ausdauer besitzen, noch nicht so durchaus versumpft sein, wie Schultz sie schildert. Ausserdem möchten wir zu bedenken geben, ob nicht etwa manche von den Dichtern damaliger Zeit geschilderten schlimmen Dinge auf Rechnung poetischer Uebertreibung zu setzen sein dürften; andrerseits wissen wir ja auch, dass die Dichter sehr ernste Ermahnungen ergehen lassen, wie z. B. Amanieu des Escas, (Rayn. Ch. II, 268) wenn er sagt: „Sius anta fort bela dementre qu'es piucella, el nous deu requerer queus torn a deplazer, adauta ni a dompuatje de tot vostre linhatje". Auch der grösste Lyriker des Mittelalters, Walter von der Vogelweide, wendet dem Liebesdienste gegen hochgestellte Damen den Rücken und richtet seine Lieder darnach lieber an solche, die mit ihm auf gleicher Stufe stehen und wo ihm wahre Herzensfrende und Herzensliebe zu Teil wird; die „gemässe" Minne gewährt ihm, was die hohe niemals gewähren kann. [1] Jedenfalls muss in einer Darstellung der Sitte und Sittlichkeit einer bestimmten Epoche auf Grund der Meinungen und Aussagen gleichzeitiger Schriftsteller Licht und Schatten gleichmässig und gerecht verteilt werden, was Schultz jedenfalls ausser Augen gelassen hat. Doch wenden wir uns zu unsrem Romane zurück, dessen Inhalt, wie bereits bemerkt, nicht geeignet erscheint, die Lichtseiten des Mittelalters an unsrem Gegenstande hervorzukehren; soviel indes wird sich ergeben, dass auch die poetische Seite der Liebe, die langen Reflexionen über dieselbe hier sehr stark in den Vordergrund treten. Die Minne ist also nach der Anschauung unsres Dichters eine ritterliche Pflicht; Liebe ist ein Product der Muse, ihr kann und darf sich weder Ritter noch Dame entziehen. Bemerkenswert ist in unsrem Romane, dass, nachdem die Liebenden am Ziele ihrer Wünsche angelangt sind, die Dame ihrem Ritter nun selbst den Rat gibt, sich von ihr zu trennen und seinen andren ritterlichen Pflichten wieder zu

---

[1] cfr. K. Simrock: Walter v. d. Vogelweide, Gedichte (4. Aufl. 1869) S 354.

widmen. 1) Die nächste Veranlassung hierzu liegt offenbar in dem veränderten Benehmen ihres bisher eifersüchtigen, sie schlecht behandelnden Gatten; 2) aber sie will deshalb doch nicht mit ihrem Freunde brechen, sondern bittet um Nachricht über sein Ergehen. 3) Vorher hat sie alle Pflichten, die Amor an sie stellt, getreulich erfüllt. Sie klagt zwar Anfangs, 4) dass sie gleichzeitig von Furcht, Liebe und Scham bestürmt werde; die Furcht redet ihr vor, dass ihr Gemal in einer solchen Sache keinen Spass verstehe und sie sogar ins Feuer werfen könne; 5) Scham rät ihr, sich vor dem Tadel der Welt zu hüten; 6) aber Amor entgegnet, dass Furcht und Scham noch nie ein tüchtiges Herz geschaffen, dass wahrhaft Liebende sich dadurch nicht abschrecken lassen. 7) Amor ist Herr und König; 8) er hat ihr einen Boten geschickt, der ihre Gesinnung prüfen soll; 9) er hat sich in ihr eine Herberge bereitet und sie weiss nicht, wie sie ihn vertreiben soll. 10) Amor hat ja ein Recht über alle Damen; 11) sie fürchtet sogar, es möchte ihr Schlimmes wider-

---

1) Ein offenbarer Anklang an die Warnung der Dichter, sich nicht zu „verligen"; cfr. Iwein v. 2790 u. 3043 in: Deutsche Klassiker des Mittelalters Band 6; in unsrem Romane v. 6776: „E per so, amics, non vueill plus que vos estes saïns reclus; ansa vos en, ques en o vueil"; v. 6782: „en vostra terra tornes et al tornei sa tornares".

2) v. 6773: „Do sempre [li] a tot comdat Flamenca con es avengut d'En Archimbaut ques a perdut sos mals aips e sa vilania et a cobrada cortesia".

3) v. 6784: „et antretan mandares mi per alcun adreg pellegri, per message o per juglar tot vostr'essor e vostr'afar".

4) v. 5555: „aissim destrein e m'angoissa Paors et Amors e Vergouha".

5) v. 5562: „monsegner nos teng'a joc, car, s'o fas, metra m'en un fuec".

6) v. 5564: „Vergouam dis quem gart de blasmo don tota gens a trop mi blasme".

7) v. 5567—5570: „(dis Amors) ques anc Vergoina ni Paors no feiron bon cor ni faran".

8) v. 5573: „Amors es domna e reïna".

9) v. 5584: „am trames cortes message ab cui assagi mon corage".

10) v. 5581: „pos a mi s'es Amors messa non sai consi lam desalberc".

11) v. 5595: „Amors a en las domnas ces, en totas, que non ges en una".

fahren, wenn sie ihm sein Recht streitig machen wollte.[1]
Amor macht seine Ansprüche an eine Dame schon in ihrem
13. Jahre geltend; hat sie denselben in ihrem 16. noch nicht
genügt, so hat sie schon einen Teil ihrer Rechte verloren;
im 21. muss sie, ohne dieser Forderung gerecht geworden
zu sein, sich glücklich schätzen, wenn überhaupt noch Jemand
mit ihr spricht.[2] Amor ist bei unsrem Dichter eine über
dem Menschen stehende Macht, welche die Liebe bewirkt
und auch der von der Liebe bewirkte Zustand. Hat eine
Dame ihre Scrupel, sich der Liebe[3] hinzugeben, die Furcht
vor ihrem Gatten und der Welt überwunden, so verspricht
sie, wenn Gott ihr Vorhaben gelingen lässt, ihrem Ritter
ewige Treue;[4] sie will Gott auch bitten, ihr zu gewähren,
was ihr, wie er ja wol weiss, not tut.[5] Ebenso verspricht
der Ritter einen Teil seines Einkommens zum Baue von
Brücken und Kirchen, wenn sein Plan gelingt.[6] Eine so
ausführliche Begründung der Verpflichtung zum Minnedienste,
wie sie unser Dichter gibt, schafft der Vermutung Raum,

[1] v. 5687: „E mas aitan gent m'en somon e sai que son dreg vol
e quier, si eu i met nul destorbier ai paor que[m] torn sus el cap".

[2] v. 5597 f: „aisso deu saber cascuna qu'al trezeu an querrel co-
mensa, e si neguna s'en bistensa que noil pague tro al setzen lo[f]ieu ne
pert, si per merce Amors nom pert lo ses avan. E si passa XXI an que
non aia sivals pagat lo ters ol quart o la moitat . . . . . e deu si tener
per pagada qui mot li sona ni l'acuell".

[3] Auch Arnaut de Carcasses lässt im Roman del papagai (cfr.
Bartsch Chresthom. S. 259) die Dame, die von einem Ritter eine Liebes-
botschaft erhält, anfangs dagegen Widerspruch erheben: „be vuelh, sapiatz,
qu'ieu am del mon lo pus aibit, mo marrit". Aber der Liebesbote entgegnet: „Amors non gara sagramen, lo voluntat sec lo talen", er verweist
auf Blancaflur, Isolde, Tristan, Pyramus u. Tisbe und — die Dame ergibt sich.

[4] v. 5330: „E bel promet ci davan Dieu que c'el pot engigar
et eu, cossi puscam caser casenns, soa vul eser per to[z] tems".

[5] v. 5365: „Mais posas tan l'a Dieus estort, ancara l'estorcera mai
qnar de bon cor l'en pregarai; o sai ben, qu'el mi ausira car sap ben
lo mestier que m'a".

[6] v. 5064: „vos eu darai [ien] per fermansa que la renda, qu'ieu
ai en Fransa doues a glicaas es a ponz, sim laissavas aver mi donz".

dass er doch selbst das eigentlich Unerlaubte dieser Sitte
fühlt und sich und Andre glaubt rechtfertigen zu müssen.
Darum lässt er Amor einem Menschen die Liebe ins Herz
pflanzen;[1]) lässt ihn die Ursache alles Tuns und Lassens
sein.[2]) auch des an dem Gatten der Dame durch solchen
Liebesdienst verübten Betruges.[3]) Amor ist ihm ein scharfer
Schütze,[4]) er lässt nicht ruhen, nicht rasten,[5]) man muss
eben Alles tun, was er gebietet.[6]) er beherrscht sogar die
Träume der Menschen.[7]) Wer von Liebe ergriffen ist, bekommt Ohnmachten[8]) der Geist trennt sich im Schlafe vom
Leibe und eilt zu der Geliebten, sodass der Körper leblos
erscheint.[9]) Amor macht blind und taub, starr und bleich;[10])
um die Augen des Verliebten liegen bläuliche Ringe;[11]) sein
Puls ist heiss, sein Körper abgemagert.[12]) Diese Krankheit
ist schlimmer als jede andere, denn hier hilft nicht Kraut

---

[1]) v. 1419: „Amors . . . . . l'enseuet de son joe quan conoc la
sazon mit Inee".

[2]) v. 3511: „Amors lo men', Amors [lo] porta, Amors li fai tot
son affaire".

[3]) v. 2471: „Ben t'euscinarai a decebre lo malastruc".

[4]) v. 2721: „Auc hom non vi tam prim arquier con es Amors".

[5]) v. 1811: „Amors nol tene ni pas ni tregas".

[6]) v. 5939: „do nulla ren mai non s'esmaia mas que lo puesca
pron servir e de baisar o d'acuillir e do far tot so qu' Amors vol".

[7]) v. 6131: Flamenca flüstert im Traume: „Bel seugner, veus m'aici
ben a vostra guisa tota nudeta en camisa".

[8]) v. 2142: „A cest mot laisalz bras cazer e nos poc em pes soste-
ner, la color pert, le cors li fail". v. 6820: „Guillems fon sai tant esma-
gatz, qu'eutrels braz casec ablesmatz de Flamenca"; v. 5652: „A cest
mot ablesmada fon".

[9]) v. 2153: „Le donzelletz hac gran paor quan noil troba ni pols
ni vena".

[10]) v. 2357: „Guillems non aus ni ves ni sen, nils oils non mon, ni
ma ni boca".

[11]) v. 3001: „palles fon els oils ac blaus de tot entorn, els pol-
ses caus".

[12]) v. 3003: „un pauc tan fon esmaigriatz".

noch Wurzel, [1]) es ist eben eine Geisteswunde. [2]) Amor
selbst vermag gegen das, was er angerichtet hat, nichts; [3])
wer darüber spottet, versteht nichts davon; [4]) den Spöttern
gegenüber muss man Mut zeigen, [5]) man wird sie überwinden,
wenn man sie nur schreien lässt. [6]) Es bleibt dabei, dass
eine Dame unrecht tut, wenn sie sich ihrem Freunde ent-
zieht; [7]) ja man soll sie in diesem Falle aufhängen, wie einen
Dieb; [8]) sie soll einst, um mit Ovid zu reden, einsam liegen
alt und kalt. [9]) Auch Schultz spricht I, 451 von der All-
gewalt der Liebe, ein Thema, das von den Minnesängern in
allen Tonarten variirt wird. Was Weinhold S. 179 bemerkt,
dass unser Roman gegen die „huote" gedichtet sei, lässt
sich vielleicht eher so ausdrücken, dass unser Dichter vielmehr die Minnepflicht jedem Ritter und jeder Dame ans
Herz legen will; Minne ist ja ein integrirender Teil der „cortezia", der „höveschheit". — Dass indes die Gatten solcher
Damen, die sich von andren Rittern besingen und lieben
liessen, damit durchaus nicht einverstanden waren, ersehen
wir nicht blos aus unsrem Gedichte, sondern auch an andren
recht drastischen Beispielen. [10]) Eifersucht ist aber unsrem

---

[1]) v. 3029: „Plus sabes, donna ques eu, e sius voles al vostre mal
querer mecina, mais non ges erba ni resina".

[2]) v. 3035: „Amors es plain d'esperit".

[3]) v. 3338: „eiss' Amors non val ad amor".

[4]) v. 2117: „van d'amor tot jorn gaban e d'amor un mot non
entendou".

[5]) v. 6309: „Contra lauzengier maldizeu, donna, deu penre ardimen".

[6]) v. 6311: „laisel cridar, fassa son be, qu'en aisil vencera desso".

[7]) v. 6237: „Fadeta es et erguillosa domna ques fai carestiosa de
son amic".

[8]) v. 6267: „Certas hom la deuria pendre coma lairon por miei
lo coll".

[9]) v. 6277: „tems sera que sel c'aras fai parer de son amic, nol
quilla jaira sola e freja o veilla".

[10]) Guillem du Capstaing soll von dem Gatten der von ihm ange-
beteten Dame getötet und sein Herz der Geliebten als Speise vorgesetzt worden
sein. Als die Dame das Schicksal ihres Freundes erfährt und über die
Herkunft des ihr so köstlich mundenden Males belehrt wird, stürzt sie

Dichter die allerhässlichste Eigenschaft. Den eifersüchtigen
Gatten seiner Heldin gibt er schonungslos dem Gespötte
Preis, [1] alle Schreiber von Metz sollen nicht im Stande
sein, dessen Worte und Geberden aufzuzeichnen; [2] hatte
derselbe doch auch Anfangs gar keinen Grund zur Eifersucht und die arme Dame, die, in einen Turm gesperrt, nur
an Sonn- und Festtagen einmal unter strenger Bewachung
ihres Gatten zur Kirche geht, dort einen besondren ganz ab-
geschlossenen Stuhl inne hat, oder dann und wann einmal
ein Bad nimmt, erregt unser Mitleid; in diesem Falle verdient
der Eifersüchtige eine Strafe; -als er nun aber allen Grund
zur Eifersucht haben musste, gibt er plötzlich alle Vorsichts-
massregeln auf; seine Gattin kann ganz nach Belieben handeln
— da verfällt der Betrogene dem Spotte. Eifersucht, sagt der
Dichter, ist ein schneidend Uebel; [3] die, welche das Gebahren

sich von einem Balcone ihres Schlosses herab (cfr. Mahn, Biogr. X). Der
Ritter von St. Giles lässt dem Peire Vidal die Zunge abschneiden, als er
zu verstehen gegeben, dass er der Liebhaber seiner Gattin sei. Dagegen
geht die Gräfin von Pena auf das Gerücht hin, dass ihr Geliebter im
Kampfe gefallen sei, in ein Kloster. Andre Damen geben lieber, ehe sie
es zum äussersten kommen lassen, ihren Anbetern den Abschied. Als der
Graf von Ventadorn hört, dass seine Gemalin in seinen Dienstmann, den
Troubadour Bernhard von Ventadorn verliebt sei, lässt er sie einsperren
und bewachen und sie entlässt ihren Freund. Aehnlich ergeht es Arnaut
de Marueil, den seine Dame auch wegschickt, weil der Gatte ihr Vorwürfe
macht. Wie streng und hart indess auch Damen gegen ihre Liebhaber
verfahren konnten, lehrt uns das Verlangen der Guilelma de Javino, Frau
des Herrn Peire de Javiac, dass jener, der ihre Liebe hatte auf die Probe
stellen wollen, falls er wieder in Gnaden aufgenommen sein wollte, sich
den Nagel des kleinen Fingers abschneiden und ihr übersenden sollte;
eine recht schmerzhafte Operation, der sich der Bedauernswerte indessen
unterzogen haben soll (cfr. Mahn, Biogr.)

1) Auch ein anonymer Dichter (Lex. Rom.) sagt: „tot o fassem en
despieg del gilos", und Vidal gibt einem seiner Gedichte selbst den Titel
„Castia-gilos". Dagegen meint Bernh. de Ventadorn (Lex. Rom.). „ben
pauc ama drutz, que non es gelos".

2) v. 1341: „tut l'escriva que son a Mes non escriurian los mutz
nil vetz ni las captenensas que fes En Archimbautz".

3) v. 1001: „En Archimbautz . . . . . al cor a una destreissa . . . . .
aisil destreiu us mals cozentz ques om appella gelosia".

eines Eifersüchtigen ansehen, halten ihn für wahnsinnig;[1]) er ringt die Hände und weint beinahe;[2]) wenn ihn Jemand besucht, ladet er denselben wol zum Essen ein, bemerkt aber dabei giftig, dass es ihm, dem Eingeladenen, auch nicht an Gelegenheit fehlen werde, den Galanten zu spielen,[3]) dabei macht er die Grimasse eines Hundes, der die Zähne zeigt;[4]) er meint, zum Unglück geboren zu sein[5]) und dass es ihm besser wäre, kein Weib zu haben, da er durch sie allen ritterlichen Anstand einbüsse;[6]) er rauft sich die Haare, zerrt an seinem Barte, beisst sich auf die Lippen, knirscht mit den Zähnen, wirft seiner Gattin wütende Blicke zu, bat nicht übel Lust, ihr die schönen Haare abzuschneiden;[7]) dann mögen die, welche schön mit ihr tun, sagen: „Dieus! qui vi mais tam bellas cris, plus bellas son non es aurs fis!" Noch komischer ist sein Gebahren geschildert v. 1045[8]): er läuft herein, er läuft heraus, er blökt, stösst merkwürdige Töne aus, er betet das Paternoster des Affen; kommt ein Fremder, so zischelt er zwischen den Zähnen, dass er ihn am liebsten zur Türe hinauswerfen möchte und zwar kopfüber; sonst ist er überall Sieger geblieben — in diesem Falle ist er unterlegen, er

---

[1] v. 1011: „e cujon ben non sia sas".

[2] v. 1012: „per gran malesa torz las mans, e pauc u'es meins ades non plora".

[3] v. 1071: „Bel senor, disuas vos, que ben es tems, sius platz, ab ucs? fort bom sabra, s'o voles far, pron avenres a donnejar".

[4] v. 1075: „adoncas fai un joc cani que las dens monstra e uon ri".

[5] v. 1102: „Las! Cnitiu! c'a mala fui natz!"

[6] v. 1108: „Bem fora mielz estes d'esposa car per leis pert enseinament e tot zo qu'atain a joven".

[7] v. 1123: „A si meseis fortmen s'irais; tiras los pels, pelas lo cais, manjas la boca, las dens lima, fremis e frezis, art e rims, e fai trop mala oils a Flamenca. A penas si ten que noil trenca sas belas crins luzens e claras".

[8] v. 1045: „Soeu vai dins, soeu defora, deforas art, dedins atora; ben es gelos qui aci bela, quant cuja cantar et el bela . . . . lo paternoster diz soen del simi que res non l'enten . . . . . quant hom estrainz era intratz, ... siblet per captenemem, suau diz: „a penas m'en teio, que nous get fors en decazeig".

fürchtet Hahnrei zu werden, nein! er ist es schon:[1] aber
er wirft sich in die Brust und meint, dass er lieber eifer-
süchtig, als ein gehörnter cocu sein wolle.[2] Er vergisst
es, sich zu waschen und den Bart zu scheren,[3] auch seines
Körpers ist er nicht mehr mächtig, sodass er die Treppe
herunterfällt und beinahe den Hals bricht;[4] er wird nicht
nur mit einem Hunde, Bären, Affen, Leoparden, sondern auch
mit einem brüllenden Stiere verglichen;[5] ja er erscheint
wie ein Teufel,[6] den die Eifersucht auch in der Kirche
nicht verlässt.[7] — Die Eifersucht hat aus dem ritterlichen
Herrn einen Narren gemacht, der dem Spotte verfällt. Ich
habe die Schilderung unseres Dichters von dem Frauen
dienste etwas ausführlicher mitgeteilt, da sich bei Schultz
und Weinhold darüber nur sehr Weniges findet.

VII. Sonstige Sitten und Gebräuche. Feste.

Einer Art Maifest[8] wird in unsrem Romane zum öfteren
Erwähnung getan, freilich zunächst nur bemerkt, dass die
Leute alle Abende zur österlichen Zeit tanzen und sich er-
götzen, auch Häuser und Strassen mit Maien schmücken, wie
man auch sonst bei festlichen Anlässen Kränze, Palmen und
Zweige an den Fenstern anbringt[9] und die Zimmer mit

---

[1] v. 1119: „los autres n'ai eu vengutz totz; e per bon dreg serai
cogotz; mais ja nom cal dire „serai", qu'ades o sui, que ben o sai!"

[2] v. 1175: „mais voil esser gelos proatz qu'esser suffrens escogossatz".

[3] v. 1333: „Nos lavet cap nis rais la barba".

[4] v. 1262: „poissas s'en cis el escalier et es cachutz trantoz evers
aus els escalos a travers, et ap paue non s'es degollatz".

[5] v. 4684: „ans vene mugent coma taurelz".

[6] v. 3899: „Diabol semblet de la testa".

[7] v. 1428: „el mostier, la fes estar en un angle qu'es mout escure;
dans dous partz estaval murs, e de devan [ill] el se messa una post autа
et espessa, que ateins ben tro al mc[n]to".

[8] v. 2670: „El pais fon acostumat qu'el pascor, quant hom a
sopat, tota li gens balla e tresca, e segon lo temps, si refresca. Cella
nuh las maias giteron e per so plus s'i deporteron".

[9] v 836: „Al fenestral qu' era de lone cubert de palma e de jone".

Blumen und Grün bestreut. ¹) Schultz erwähnt I, 31, dass
man den Boden der Brautkammer mit Blumen und Gras be-
deckte. Die Teppiche, deren Erwähnung geschieht, dienen
anderen Zwecken, beispielsweise der Ausschmückung der
Häuser an Festen. ²) Haben nun die Mädchen, deren Aufgabe das Streuen der Maien zu sein scheint, dies besorgt,
so ziehen sie singend durch die Strassen; ³) solcher Mailieder
sind uns mehrere aufbewahrt. ⁴) Geht dies Fest die ganze
Bevölkerung an, so führt uns das Hochzeitsfest in den engeren
Kreis des Hauses, der sich allerdings durch die Menge der
Gäste ausserordentlich erweitert. Der Beginn unsres Romanes führt uns, sowie er überliefert ist, die Vorbereitungen
dieses Festes und überhaupt die ersten vorbereitenden Schritte
vor, welche eine Ehe anbahnen. Es treten Boten auf, welche
mittels eines Ringes ihren Auftrag erfüllen; ⁵) es ist aus
unsrer Stelle nicht recht ersichtlich, welche Rolle der Ring
hier spielt; ist es etwa, wie man durch den Zusatz „dominim"
vermuten könnte, ein Siegelring, der für die Boten die Stelle
einer Legitimation vertritt, oder ist es ein Verlobungsring? ⁶)
Schultz bemerkt I, 137, dass die Boten vielleicht durch den
mit den Farben ihres Herrn bemalten Stock sich auszuweisen

¹) v. 3842: „et al mes en una cambreta jostal cloquier, mout asau-
teta, en que sol jasser Nicolaus; cuberta fon de joue ab raus".

²) v. 379: „Entretan fai ben adobar la vila et encortinar de ban-
cals e de bels tapitz, de bels palis, de bels samitz".

³) r. 3239: „las tonetas agron ja trachas las maias qu'el seras son
fachas e lur devinolas canteron", den Inhalt ihres Liedes s. v. 3244—55.

⁴) cfr. Schnakenburg, tableau des patois de la France, 1840. S. 200.

⁵) v. 10: „Per son anel dominim manda, que Flamenca penra,
sim voil".

⁶) Aus der Biogr. Raimon Jordans (Rayn. Ch. V, 378) erhellt, dass
auch verheiratete Damen ihren Liebhabern Ringe gaben, ebenso aus dem
Roman del papagai und Girart de Rossilho; dieser bekommt von der
Königin, seiner ehemaligen Braut, deren Schwester er dann heiratet, einen
Ring zum Zeichen, dass die Königin ihn mehr liebt als Gatte und Vater
und sie macht ihn zu ihrem Ritter und Seneschal. Dasselbe Symbol ist
in der nordfranz. Dichtung ganz gewöhnlich, cfr. Tristan, Flos u. Blanche-
flor, Huon de Bordeaux, Hervis de Mes etc.

hatten. Indes die Werbung ist von Erfolg begleitet und das Hochzeitsfest ziemlich nahe angesetzt; [1] es kommt dem Werbenden zu statten, dass man allgemein eine gute Meinung von ihm hat [2] und sich ihn schon lange zum Freunde wünscht. [3] Das Hochzeitsfest soll im Hause der Braut gefeiert werden und zwar 14 Tage nach erfolgter Zusage; [4] der Bräutigam will sich schon am Sonntage vorher auf den Weg machen, [5] begleitet von 100 Rittern, von welchen jeder vier Knappen bei sich hat, alle wol ausgerüstet und in den Farben des Herrn; aber auch jetzt geht ein Bote voraus, die Ankunft zu melden. [6] Das Fest soll möglichst grossartig werden; [7] es bedarf einer Menge Geschenke für die Gäste, die Diener, die Jongleure, deshalb muss die Schatzkammer nachgesehen werden. [8] Die Braut ist, wie ihr eigner Bruder bemerkt, die schönste der Welt, deshalb muss auch das Fest glänzend werden; [9] alle Freunde muss man einladen, den Feinden Frieden und Verzeihung gewähren. [10] Die Einladungen ge-

1) v. 78: „Mais le termes mi par ben prop".

2) v. 30: „Meller cavalliers nom pot sener espaza tau quan dural monz".

3) v. 6: „leu ai desirat mout loue temps c'ap N'Archimbaut agues paria".

4) v. 105: „terme n'avem petit et cort, qu'En Archimbautz dis que reura; ja XV jorns non tarzara". Auch nach Schultz ist die Zeit zwischen Verlobung und Hochzeit sehr kurz. Ueber Verlöbnis und Trauung cfr. Wackernagel in d. Zeitschr. f. deutsches Altert. II, 548.

5) v. 81: „Dinneneguc [nos] movam primier, cent cavalier serem, sen plus, quatr' escodiers aura chascuns; nos tuit portarem un seinal; els escudiers serau egal e de vestir e de joven, de bos nips e d'esenhamen, armatz de fer e entrescinz. Sellas et escutz de nou teinz d'un semblan e d'una color portarem tut, e l'aurifior". (cfr. L. Gautier, Chans. de Rol. 8. Aufl. S. 278.)

6) v. 95: „Robert no nes ges en oblit al comte nos n'an' us messages; ben saup las vias els passages".

7) v. 104: nous coven faire gran cort".

8) v. 109: „bel sener paire, pro aures; assaz podes donar e metre".

9) v. 116: „Si co[m] ma sors es la belaire del mon, e la plus de bell'aire, nici coven tal cort fassam, que non fos tals de sai Adam".

10) v. 146: „Sos amix mandal cons e prega, als enemix fai paz e trega".

schehen durch Bote und Brief.[1] Erst am Hochzeitsmorgen
führt der Vater der Braut ihr den Bräutigam zu.[2] Die
Trauung findet dann in der Kirche während des Hochamts
statt, da es hier 12 Uhr ist, ehe die kirchliche Ceremonie zu
Ende ist.[3] Es ist ein grosses Gefolge, was mit zur Kirche
geht,[4] mag man es auch mit den Zalangaben nicht allzu
genau nehmen. Ehe der Festschmaus beginnt, wird an den
bereits hergerichteten Tischen noch ein Spielchen gemacht.[5]
Dass es bei diesem Feste hoch hergeht, muss aus dem Um-
stande geschlossen werden, dass 5 Bischöfe und 10 Aebte
zugegen sind[6] und dass hier mehr Leute sein sollen, als
auf den grossen Märkten zu Lagny und Provins.[7] Natürlich können so viele Gäste nicht alle in der Stadt Herberge
finden, sie wohnen deshalb zum Teil in Zelten auf einer
Wiese;[8] diese Zelte sind nicht allein recht dauerhaft, da
sie gegen Wind und Regen Schutz verleihen,[9] sondern
auch prächtig in allerlei Farben, gelb, weiss, rot, und haben
auf der Spitze Adler auf goldenen Knöpfen,[10] welche in der

---

1) v. 132: „letras fassam et breus, messages mandem bons et leus".

2) v. 204: „Lo coms lo pres per miei la ma, ab lui vas la cambra
s'en va et a Flamenca lo prescuta"; zu seinem Schwiegersohue sagt er
v. 269: „Vesi vostr'esposa, N'Archimbaut, sius plas, prendes la".

3) v. 295: „Ben fon passada ora sexta avan que l'agues esposada".

4) v. 486: Le reis a Flamenca causida et cir s'en ab leis del mostier;
apres lui vau ben tres miller de cavalliers que donnas menon".

5) wenn ich v. 299 recht verstehe: „tuit van jugar a taula messa".

6) v. 290: „Sinc evesque e X. abbat foron vestit et adobat, quels
attendon dins lo mostier".

7) v. 185: „li cors s'ajosta bela o rica e pleniera. Anc nuils hom
non vi [una] fiera, ni a Liniec ni a Proïs, que i agues tant o vars o
gris e drap de seda e de lana. Tut li ric home per ufana de VIII jorna-
das enviro i vengron cascuns per tonzo". Auch Schultz bespricht I, 277
die damals üblichen grossen Märkte. Auf französ. Gebiet kennen wir
ausserdem die von Troyes, Bar-sur-Aube etc. cfr. M. F. Bourquelot, les
foires de Champagne.

8) v. 200: „per miei la bela pradaria cascus perpren albergaria".

9) v. 202: „Assaz i a tendas . . . . . que non temon pluia ni biza".

10) v. 208: „las aiglas sou els poms dauratz, e caut es lo solcilz
levatz, flameja li ribeira tota",

Morgensonne funkeln und blitzen.¹) Bei Tische helfen die
Festgeber selbst aufwarten,²) was auffällig ist, da es sonst
Sache des Seneschals ist, die Aufsicht zu führen, der Diener
— anfzutragen. Zu essen gibt es natürlich, was nur ein
Mensch ersinnen und ein Mund sich wünschen mag;³) etwa
gegen Ende der Malzeit beginnen die Jongleure.⁴) Das Fest
dauert hier über 8 Tage;⁵) am 10. nehmen die Geistlichen
und übrigen Gäste Abschied.⁶) Auch der junge Ehegatte
begibt sich nach Hause, um seiner Seits ein wo möglich noch
glänzenderes Fest in seiner Heimat zu veranstalten, bei
welchem auch der König und die Königin anwesend sein
werden.⁷) Die ganze Stadt wird geschmückt, auch die Bürger
beteiligen sich an der Zurüstung;⁸) alle Gasthäuser werden
zum Empfang der Gäste bereitgestellt und mit dem Nötigen
versehen;⁹) den ankommenden Gästen geht man entgegen.¹⁰)
Gleich nach der Ankunft wollen die Ritter den anwesenden
Damen ihre Aufwartung machen; diese lehnen¹¹) es indes
für den Augenblick, als von der Reise noch zu ermüdet, ab,
mussten doch auch die Damen derartige Reisen zu Pferde
machen. Diesmal dauert das Fest 15 Tage,¹²) dann erst ent-

---

1) cfr. hierzu Schultz II, 214 f; wo sich eine ähnliche Schilderung
findet.

2) v. 308: „En Archimbaut[z] el coms serviron".

3) v. 305: „car hanc homs n[on] i ac fraitura de ren que saupes
cor pensar, que boca deia desirar".

4) v. 575 f: „Quant an maujat .'.... apres si levon li juglar; cascus se vol faire auzir".

5) v. 335: „Plus d'ueg joins dureron las nossas".

6) v. 336 : „li biabe, l'abat ab lur crossas i an be IX. jornz demo-
rat, et al dezen prendon comjat e van s'en tut alegramen".

7) v. 363: „Messages mand'al rei de Fransa, e pregal fort queil
tassa onranza .... e la reïna i ame[uc]".

8) v. 389: „fai cascuns adobar las russ".

9) v. 397: „Ben a fag los ostals garnir".

10) v. 427: „le fils del comte vai poinent car esser vole prumiera-
ment a N'Archimbaut que fos cisitz a l'encontre mout ben garnitz".

11) v. 450: „Insaas foron del cavalgar e de la calor c'an ahuda".

12) v. 477: „de XV. jornz honus nos partis de la cort".

lässt man die Gäste. [1]) Ich füge hier noch bei, dass der
Bräutigam erst nach vollzogener Trauung seiner Braut den
ersten Kuss zu geben scheint. [2]) Ebenso küsst der König
die junge Gattin in Gegenwart des Gatten: [3]) derselbe begrüsst den einen oder den anderen seiner geladenen Gäste
mit einem Kusse; [4]) auch der Segen in der Kirche wird
mittels eines Kusses gespendet. [5])

VIII. Turnier.

An Turnieren teilzunehmen ist des Ritters unbedingte
Pflicht. Weil der Held unsres Romanes dieselben fleissig
besuchte und einen Teil seiner Habe darauf verwendete,
wird er auch „flos de cavallaria" genannt. [6]) Ist ein Turnier
angesetzt, so ergeht die Einladung dazu entweder bei Gelegenheit eines stattfindenden Turnieres durch die Herolde
oder auch durch besondere Boten mittels Brief und Siegel. [7])
Schultz sagt II, 100, dass, sobald ein reicher Herr ein Turnier abzuhalten beschlossen hatte, er Boten ausschickte, welche
es ausriefen oder durch Briefe dazu einluden. Jeder Ritter
hat seine Knappen bei sich, [8]) die ihm persönliche Dienste

---

[1]) v. 1001: „En Archimbautz totz los cadreissa".

[2]) v. 295: „Ben fon passada ora sexta avan que l'agües caposada.
Per rix si tenc quan l'ac baisada". cfr. Wigamur v. 4535.

[3]) v. 990 f: „le reis . . . . . cujet far mout gran [on]or a N'Archimbaut, quan l'abrassava vezen sos ueils e la baisava".

[4]) v. 7273: „En Archimbautz a prou que fassa, car l'us baisa e
l'autr'embrassa".

[5]) v. 3932: „per nulla ren [non] vol baisar N'Archimbaut, neisa
pas denar".

[6]) v. 1662: „En segro cort et en servir mes tost son perenz e sa
renda". v. 7736: „Domna, sai m'envia cel qu'es flos de cavallaria".

[7]) v. 7020: „adoncs fes cridar son tornei al paschor, ab lo dous
Avrei". v. 7185: „En Archimbautz, aissi con es, al rei do França l'a trames en una carta sagellat, ... ques al tornei ve[n]gra sil plas".

[8]) v. 83: „Quatr' escudier aura chascuns".

4

zu leisten [1]) haben Untergebracht werden die Gäste teils in
der Burg des Festgebers, teils in der Stadt, teils in Zelten;
wo immer sie sich auch aufhalten, der Veranstalter macht
ihnen seinen Besuch. [2]) An dem Raume, der für das Turnier
abgesteckt ist, wird eine Schaubühne errichtet, „cadafals",
„bestresca", [3]) auf welcher das Herrnbanner flattert; [4]) Schultz
bemerkt II, 116, dass solche Bühnen nur errichtet werden,
wenn der Turnierplatz so weit von der Burg oder der Stadt
entfernt ist, dass die Damen von den Fenstern des Palastes
oder den Zinnen nicht zuschauen konnten. Auf derselben
nimmt der Vorsitzende des Turnieres, [5]) Damen und Herren,
die die Waffen nicht handhaben wollen, [6]) Platz; der Turnier-
raum selbst ist durch Schranken abgeschlossen; wer turnieren
will, muss dieselben passiren. [7]) Das Turnier beginnt morgens frühe, wenn die Sonne aufgegangen und die Messe vorüber ist, nachdem man mit Trompeten, Hörnern, Cymbeln,
Flöten und Trommeln das Zeichen gegeben hat; [8]) im Galopp

---

1) v. 776: „Cascuns atista son escudier que l'aport tost aas armas".

2) v. 7451: „En Archimbautz ac cadreissat lo rei, e vel vos retor-
nat. Ab Guillem a son trap s'en vai, et en apres et el s'en vai [lai] on
es le dux de Bergoina. Al plus que poc s'esforsa e poina delz barons
servir et onrar".

3) v. 7700: „En los cadafals s'en montet le reis el baron plus de
VII. o Flamenca e sas douzellas e mout d'autras donas ab ellas". v. 8053:
„monton s'en en la bestresca".

4) v. 7905: „vos n'ires dreit a mi donz, a cel portal on vezes la
seina reial".

5) hier der zum Feste geladene König, der auch das Zeichen zum
Schlusse gibt, v. 8014: „Baron baron, non sia plus, oimais non i joste
negus".

6) v. 7249: „En un portal, davan los pratz, on s'era le torneis
rengatz, fes hom [un] gran escadafals. Que vi ben los plans e las vals;
las donnas aqui estarau el baron qu'armas nou tenrau".

7) v. 7950: „Le coms de San Paul vai per rene".

8) v. 7682: „Lo ben mati, quan lo soleills qua[is] vergoinos parec
vermeilz, apres lo sein de las matinas ausiras trombas e bozinas, grailles
et corns, cembolz, tabors e flaütz".

kommen die Ritter angesprengt, [1] es lässt sich leicht denken,
dass dies Alles nicht ohne grosses Geräusch abgeht; [2] die
Pferde sind dazu noch mit Glocken behangen, die bei der
raschen Gangart laut erklingen. [3] Nach Arnaut de Marsau
(cfr. Rayn. Ch. V, 44) dienen diese Glocken nicht blos, wie
Schultz 1, 235 meint, als Prunk- und Paradestücke, sondern um dem Einen Mut, dem Andern Furcht einzujagen,
„sonalhs an uzatje que donan alegratje, ardimen al senhor
et als autres paor". Die Ritter begehen sich, nachdem die
Damen Platz genommen, in die Schranken, bewaffnet mit
Helm, Schild, Lanze und an dieser ein Fähnlein mit bestimmten Farben zur Erkennung, [4] die auch an den übrigen Teilen
der Rüstung erscheinen. Diejenigen, welche einen Waffen-
gang mit einander machen wollen, sprengen bisweilen mit
solcher Wucht gegen einander an, dass die Pferde schwer
verletzt oder tot zu Boden fallen; [5] das heftige Anrennen
hat ja den Zweck, den Gegner beim ersten Lanzenstosse
aus dem Sattel zu werfen — „derocar" v. 7711, 7717 etc.
und es wird dann zu Fuss weitergekämpft. Dem Sieger
wird ein Preis zu Teil, hier ist es ein Aermel der Flamenca. [6]
Hat ein Ritter einen anderen besiegt, so ertönt ein lautes
Rufen der Zuschauer; [7] der Sieger nimmt den Preis entgegen und befestigt, wenn es wie hier eine „marga" ist, die-

---

[1] v. 7689: „el volontat donon a cavalliers et a cavals d'anar de
galobs e do sals".

[2] v. 7692: „el trebolocis non fon paux".

[3] v. 7693: „car l'us fon clars, l'autros fon raux dels sonals quel
caval porteron".

[4] v. 7704: „el baron que desus esteron ades dels cavalliers mon-
streron los seignals e las destriansas d'escutz e d'elmes e de lansas".

[5] v. 7951: „vaus lui venc aitau quan sos cavalz randona . . . . .
a cascun sos cavalz mortz es, car pieg e pieg tan dreg turteron c'ambedui los cors si creberon".

[6] v. 7703: „Flamenca s'es dese vanada que sa marga sera donada
a cel que prumiers jostara o cavallier derocarn".

[7] v. 7712: „ges non se leu lo mot complit que tut enscus levon
un crit e dison ques ades la parea del braz" (i. e.: sa marga).

4 *

selbe am Schilde oder auf der Lanzenspitze. [1]) Ausserdem
ist der Besiegte, den die herbeieilenden Bürger aufheben, [2])
sammt Pferd, Rüstung und Waffen eine Beute des Siegers,
wie wir dies auch bei Schultz II, 119 finden. [3]) Es gilt
indes für edel, das im Kampfe Errungene nicht für sich zu
behalten, sondern, auch ohne Lösegeld, zurückzugeben. [4])
Der Held unsres Romanes sendet in galanter Weise die Besiegten zu seiner Dame, die die Entscheidung treffen soll;
er weiss zum voraus, wie dieselbe ausfallen wird [5]) — sie
gibt dieselben frei. [6]) Wie heftig und wild es in einem solchen Turniere herging, ersehen wir aus der uns vorliegenden
Schilderung; [7] die Kämpfer führen solche Hiebe, dass die
Schilde zerbersten, die Lanzen zersplittern, Zügel, Sattel und
Gurt zerreissen und die Ritter in Folge des Letzteren zu
Boden stürzen und oft so schwer verletzt werden, dass es
geraumer Zeit zur Heilung der Wunden bedarf, [8]) wenn die
Verletzten nicht gar daran sterben (cfr. Schultz II, 119).
Abends nach dem Turniere findet Spiel und Tanz statt, [9])

---

1) v. 7794: „dedins l'oscut la fes pausar". v. 798: „una marcha (le
reis) de non sai cui ac lassat el som de sa lanza".

2) v. 7721. „daus totas part vengron borzes quel volon de sa man levar".

3) Rayn bemerkt (Lex. Rom. I, 44) zu dieser Stelle: „une loi de
chevalerie ou plutôt un usage qui ne se trouve guère indiqué ainsi expli-
citement que dans ce roman, c'est le droit acquis aux vainqueurs sur la
personne, le cheval et les armes du chevalier qui restait captif, s'il ne se
rachetait pas".

4) v. 7724: „Non vuei! quem don le coms neguna resemsen".

5) v. 7903: „Voles saber, segnors, consi escapares?" „Seguer, hoc
ben". „Don vos n'ires dreit a midonz, a cel portal on vezes la seina
reial; a leis vos rendres de par me et il solvera vos, so cre".

6) v. 7932: „Senhor cavallier, vostra preisons non m'a mestier, ans
vueil que sias tot deshivre; et a celui queus pres vos livre, et a lui ne
rendes merces, car el vos solv' et el vos pres".

7) v. 7710; 7874; 7947 etc.

8) v. 7990: „L'us a l'autre l'oscut ajosta al bras, el bras join al
costat; el fer son tost d'outra passat per mieg l'escut e per lo bratz .....
e sis foron tan fort nafrat, que pucissas armas non porteron d'u mes ni
plus non tornejeron".

9) v. 7472: „dan[s]as e viuladuras] bretas pogras auzir sai e lai".

wobei es laut und frölich hergeht. Am andern Morgen beginnt das Turnieren von Neuem.[1] Auch findet bei Gelegenheit der Turniere Ritterschlag statt.[2] Die neuen Ritter ziehen dann am folgenden Morgen, glücklich und froh über die neue Würde und die neuen Waffen, unter grossem Lärmen durch die Stadt.[3] Dass es bei solchen Festen nicht an Kaufleuten fehlte, die mit ihren Waaren von weit herbeieilten und hier Gelegenheit zu reichem Gewinne fanden, da sie hier Leute aus den höchsten und reichsten Ständen trafen, die schon um der üblichen Geschenke willen Manches bedurften, wird uns ebenfalls erzält.[4] Ueber Turniere und was damit zusammenhängt, finden wir bei Schultz II, 90—125 ausführliche Belehrung, die mit dem oben Gesagten im Ganzen übereinstimmt.

IX. Ritterliches Wesen. Bildung.

Ein feiner ritterlicher Herr wird in unserem Romane „cavallier" genannt,[5] aber nicht eben blos von Seiten der Damen, es ist vielmehr wie sonst eine allgemeine Bezeichnung.[6] Wie man sich einen solchen vorstellt, ist in ausführlicher Weise an der Person unseres Helden geschildert. Schultz sagt I, 165, dass er in seiner mir nicht vorliegenden Habilitationsschrift die Vorstellung körperlicher Schönheit bei den Deutschen

---

[1] v. 8051: „Al tornei vengron l'eudema".

[2] v. 883: „lo reis vol ja l'espasa sener a Tibaut". v. 418: „tot aiso vol sia donat als cavalliers c'armas penrau d'En Archimbaut qnau si volran".

[3] v. 953: „e van pongen per las carreiras ab sonalz de mantas manieras".

[4] v. 7202: „Li mercadier ab lur grans vendas foron vengut de longas terras; los pueitz perprendon e las serras".

[5] v. 6931 sagt Flamenca: „qu'ieu puesca tan de plazer faire ni dir a mon bel cavallier"; v. 6489 geloben Alis u. Margarida: „quant ellas donnas seran, non fassan autres cavalliers".

[6] v. 30: „Meller cavalliers nom pot sener espazn", sagen die Freunde Guis von Archimbaut. v. 67: „cascuns dels cavalliers plevi etc."

des 12. u .13. Jahrh. beschrieben habe. Unser Held ist auch ein
Ideal; die Natur hat auf dies Menschengebilde eine besondere
Sorgfalt verwendet; [1] er kann von Niemand übertroffen
werden;[2] Absalom und Salomo kommen ihm an Weisheit,
Schönheit, Tüchtigkeit nicht gleich:[3] Paris, Hector, Ulysses
zusammengenommen stehen ihm nach.[4] Seine Schönheit ist
ganz ausserordentlich. Seine Haare sind blond,[5] eine Farbe,
die besonders geschätzt zu sein scheint,[6] die Stirn ist weiss,
glatt und breit, die Augenbrauen dunkel, geschweift, lang,
dicht, aber von einander getrennt; die Augen gross, glänzend,
lachend; die Nase lang, gerade, das ganze Gesicht voll und
von frischer Farbe, wie eine Maienrose rot und weiss; die
Ohren gross, fest, rötlich; der Mund voll lieblicher Rede und
gerade; die Zähne weiss, wie Elfenbein, das Kinn feingefasst,
formt, in der Mitte ein wenig gespalten; der Hals gerade,
gross und rund, dass man weder Knochen noch Sehnen sieht;
die Schultern breit; Arme, wie man sie verständiger Weise
erwartet; die Hände gross, stark und hart; die Finger ge-
streckt, schön gegliedert; die Brust stark gebaut, die Seiten
fein; die Hüften stark und stämmig; die Schenkel rund und
nach innen breit; die Kniee glatt, die Beine gesund, lang
und gerade, die Füsse schön gewölbt und nervig.[7] Dazu
ist er 7 Fuss gross.[8] Zu diesen körperlichen Vorzügen treten

1) v. 1572: „natura nies sa poina en faisonar et c unirir".
2) v. 1711: „tan fo bona, non poc mellurar".
3) v. 1580: „Absalou et Salomos . . . . . encontra lui foran nienz".
4) v. 1583: „Paris, Hector, e Ulixes, que totz tres en un ajostes,
quant a lui non foron preuat per sen, per valor, per boutat".
5) v. 1591: „Lo pel ac blou". v. 3569: „sos cabeilz, ques eron
plus saur ques una bella fuilla d'aur".
6) Der Gräfin von Nevers hauptsächliche Schönheit besteht nach
v. 859 in: „los cabels pers an son plus blou que uon cs aurs".
7) cfr. v. 1591—1628.
8) v. 1643: „VII. pes hac d'aut". Er kann mit seinem Fusse eine
Lampe, die 2 Fuss über seinem Haupte hängt, erreichen; wenigstens verstehe ich so die Stelle v. 1643 f: „e atteis be dos pes ab lo pe sobre se,
quan hom li mes en la paret una candela o un muquet".

geistige hinzu. Er besitzt eine angemessene Bildung, wie
man sie in Paris erwirbt, wo die sieben freien Künste gelehrt werden, sodass er nicht blos lesen und schreiben kann,
sondern selbst im Stande ist, zu unterrichten; ausserdem
versteht er zu singen, auch Englisch zu sprechen und ist wol
bewandert in der Fechtkunst. [1] Seine gelehrte Bildung be-
fähigt ihn auch, kirchliche Functionen zu übernehmen, wobei ihm seine schöne Stimme zu statten kommt, deren Wol-
laut beim Singen der Responsorien Allen gefällt; [2] er kann
den Messediener wol unterrichten; [3] er ist auch fromm; [4]
er liebt Turnier und Kampfruf, Damen und Spiel, Hunde
und Vögel und Pferde, Vergnügen und Unterhaltung. [5] Was
ihm in den Augen des Dichters noch besonderen Wert verleiht, ist seine Kenntnis aller Art von Dichtung, „chansos
e lais, descortz e vers, serventes et autres cantars“; darin
übertrifft er selbst die Jongleure, bei welchen doch solche
Kenntnisse zum Berufe gehören. Nicht so ausführlich, aber
in begeisterten Worten weiss unser Dichter die Schönheit
seiner Heldin zu rühmen. [6] Sie hat einen zarten weissen
Körper, [7] ihre Gesichtsfarbe ist frisch, ihr Blick ist süss und
zärtlich, ihre Worte liebreich und voll Anmut; ihretwegen
kommen Tausende [8] sie zu sehen; etwas süsseres, wolge-
stalteteres, liebreizenderes, anmutigeres kann man nicht sehen; [9]

[1] cfr. v. 1630 ff.
[2] v. 3917: „Guillem ac vos clara e sana“.
[3] v. 3167: „Amix, eus mostr[ar]ai on dones pas quan m'en irai,
quar per mi deves mollurar“.
[4] v. 1746: „el amet Dieu e son amic“.
[5] v. 1707: „Mout amet torneis e sembelz, donas e joc, canz et
ancelz e cavalz, deport e solaz o tot so qu'a pros homo plaz“.
[6] Arnaut de Marueil rühmt (Rayn. Ch. IV, 414) an einer Dame:
„Las domnas eissamens au pretz diversamens, las unas de belleza, las
autras de proeza; las unas son plazens, las autras conoissens, las unas gen
parlans, las autras benestans“.
[7] v. 7625: „josta se ac bel cors e tenre, blanc e delgat et escalit“.
[8] v. 7224: „cascuns era envejos de lei vezer, qu'en sol la vista
cuj'aver gran honor conquista“.
[9] v. 7228: „quar meillor ren non puec vezer, plus douza ni plus
faissonada, plus plasent ni plus adautada“.

Jedermann betrachtet und bewundert sie; [1] vor allen Damen zeichnet sie sich aus und ist wie die Sonne ohne Gleichen. [2] Ein unzweifelhaftes Kriterium ihrer Schönheit besteht in der Anerkennung ihrer Vorzüge seitens anderer Damen, denn es gibt keine, die ihr nicht zu gleichen wünsche; auf solche Dinge müssen sich doch die Damen selbst am besten verstehen. [3] Auch mit Lectüre muss sich eine edle Dame befassen; Flamenca hat auf ihrem Tische Flor et Blancaflor liegen; [4] eine Dame ist ja überhaupt viel besser daran, wenn sie auch nur ein wenig in Wissenschaften bewandert ist, [5] über der Lectüre vergisst man seinen Kummer. [6] Zu körperlichen Vorzügen muss sich bei einer Dame geistige Bildung gesellen. Auch unser Dichter scheint selbst wohlbelesen und dass er es bei Andern erwartet, spricht er deutlich aus. [7] Er kennt Ovid und Horaz, Boecius, [8] vor allen Dingen die literarischen Producte seines Landes; es erscheinen indes mehr die Werke nord- als südfranzösischer Dichter; er berichtet, dass die Jongleure singen das Gaisblattlied, das von Tintagoil, von den treuen Liebenden (Marie de France); sie erzälen von Priamus, Pyramus und Thisbe, Paris und Helena, Ulysses, Hector, Achilles, Aeneas und Dido; Lavinia, Apollinices und Tidiocles (Polynices und Eteocles), Apollonius von

---

1) v. 521: „cascuns esgarda o mira Flamenca, c can plus consira sa faiso ni sa captenenza, c sa beutat c'ades agenza".

2) v. 534: „aissi com es soleils sea par per beutat e per resplandor, tals es Flamenca autre lur".

3) v. 550: „Quan las domnas sa beutat lauzon ben podes saber bela es"; v. 665: „Mielz couoissem nos beutat de donna" sagen die Damen.

4) v. 4482: „pren lo romanz de Blancaflor"; auch von Weinhold S. 92 erwähnt.

5) v. 4814: „doua es trop melz cubida s'es de letras un pauc garnida".

6) v. 1621: „Mais non seres ja tan irada, quan leges, quo l'ira nos fonda".

7) v. 4811: „negus hom nos letras non val, o trop no val meins totz rix hom si non sap letras queacom".

8) v. 6276: „aissi cou Ovidis retrai"; v. 7550: „so dis Ovidis"; v. 7868: „e si cou Oracis retrai"; v. 7679: „sera plus savis que Boecis".

Tyrus; von Alexander, Hero und Leander, Cadmus und Theben, Jason und dem Drachen, Hercules und seinen Arbeiten, Demophon und Phyllis, Narcyss, Orpheus und Eurydice, David und Goliath, Simson und Delilah, Judas Maccabaeus, Julius Caesar, von der Tafelrunde, Iwein und seinem Löwen, dem bretonischen Mädchen, das Lancelot gefangen hielt; von Parcival, Erec und Enide, Ugonet de Peride, Tristan, Fenisse, vom schönen Unbekannten, von Lyras, Calobrenan, Gueux le sénechal, Mordre, le comte Duré, von Hermelin, vom Alten vom Berge, Charlemagne, Ludwig und Pipin, Lucifer, Valet de Nanteuil, Olivier de Verdun. Der Eine singt die Verse Marcabruns, der Andere erzält von Daedalus und Icarus. Bei der Schilderung der Eigenschaften[1] eines edlen Ritters begegnet uns sehr häufig in unsrem Romane der Ausdruck „ric hom"; er bedeutet zunächst sicherlich reich an Habe;[2] sodann aber auch edel, schön, höfisch,[3] auch gebildet,[4] von edler Herkunft.[5] Unterschieden werden von den „ric home" mitunter die „home de pres"; während nämlich jene bei Gelegenheit eines Festes — die „comtes" und „comtors, deminis,

<hr />

[1] Weinhold behauptet S. 96 (1. Aufl.), dass der Held unseres Romanes 4 Sprachen rede. Diese Kunst wird indes nicht Guillem, sondern seiner Wirtin Bellapila zugeschrieben v. 1913: „s'osta non semblet Ramberga . . . . . o saup ben parlar bergono, frances o ties e breto". Wenn A. Duval (Hist. Litér. 19, 779) aus unsrer Stelle schliessen will, dass die Südfranzosen in jener Zeit sämmtlich nordfranzösisch verstanden und gesprochen hätten, so ist er doch offenbar zu weit gegangen. Dass Bellapila mehrere Sprachen redet, erfordert ihre Stellung als Besitzerin eines Badhauses, in welchem Franzosen, Burgunder, Deutsche, Bretonen, die die Bäder von Bourbon besuchten, nach v. 3801 verkehrten: „de Franssa e de Bergoina e de Flandris o de Campaina, de Normandia o de Bretaina i ac assas homes estrains que i eron vengut per los bains".

[2] v. 221: „per rics si ten, qui plus envida"; eine grosse Anzal Gäste erfordert grossen Aufwand und dazu bedarf es reichlicher Mittel.

[3] v. 1918: „quan vi Guillem aitan gen, tan bel, tan gran, tan covinent, penset si bem que fos rics hom".

[4] v. 4812: „trop ne val meins totz rix hom, si non sap letras".

[5] v. 5926: „rix homs d'aut parage". v. 6420f: „Ot e Claris — ric home son"; v. 6431: „li miei donzel son jovensell, cortes, adreit e bon e bell".

vavassors e d'autres barons rix e pros" — sämmtlich in der
Stadt untergebracht werden, finden diese ibre „albergaria" in
Zelten. ¹) Sich ritterlich benehmen wird ferner mit „captener
joven" wiedergegeben;²) „jovensell" bezeichnet diese Eigenschaft. Auch andere Dichter gebrauchen diese Ausdrücke —
rix hom, joven, jovensell — ziemlich häufig. ³)

X. Kirchlicher Brauch und kirchlicher Sinn.

Bei der eigenthümlichen Art, wie die Intrigue unseres
Romanes eingefädelt wird, liess es sich erwarten, dass uns
Mancherlei über kirchlichen Brauch mitgeteilt wurde und
will ich das Gebotene kurz zusammenstellen, indem ich die
Aufzälung der kirchlichen Feste übergehe. Schultz bespricht
den Gegenstand ebenfalls hin und wieder z. B. I, 491; II,
316; 399; 409 u. s. f. Mit dreimaligem Läuten wird zur
Kirche gerufen; die grosse Glocke soll die Ritter, die mitt-
lere die Bürger, die kleine die niedere Klasse mahnen. ⁴)
Man versäumt es nicht, Morgens seine Messe zu hören, selbst
wenn man sich auf der Reise befindet. ⁵) Beim Eintritt in
die Kirche verbeugt man sich nach dem Altare hin und ruft

---

¹) cfr. v. 195 ff.

²) v. 244 klagt der Dichter: „per son fail qui joven capte".

³) Arnaut de Marueil: „Poders d'aur ni d'argen nous dara ja bou
pretz, si rie cor non avetz". Guill. Navine de Beziers: „Ric cavallier,
ric de linatje, ric per ergueilh, ric per valor". Aimeric de Peguilain:
„qu'al die sou ben el fag son aut e ric". Peire Cardinal: „rix hom quau
fai sas calendas e sas cortz". (cfr. Lex. Rom. s. v.: rix). Jaufre (Bartsch
Chresth. 247): „tant es rica de coratje e de terra e de lirnage". Raimon
Vidal (Bartsch Chr. 219): „rica de cor e de linatje". Pous de Capduoill
(Napolski'sche Ausgabe Lied VIII): „Pretz e jovens o certezia creis en
vos". Raimon Vidal (Bartsch Chr. 219): „Sabetz cal drut deu donna far
qui per pretz vol menar joven".

⁴) v. 6692: „e sone clas per cavallier e per borges lo sein major,
cequilla per lacrador".

⁵) v. 1857: „Guillems vai al mostier orar", während die Knappen
zur Abreise rüsten.

Gott, Maria und die Heiligen an und spricht 2 oder 3 Paternoster;[1] schon beim Aufstehen Morgens bekreuzigt man sich,
spricht ein Gebet[2] und begibt sich zur Kirche.[3] Es gibt
auch für ganz besonders wirksam gehaltene Gebete: unser
Held kennt ein solches, das ihn ein Eremit gelehrt hat und
das aus 72 Namen Gottes in hebräischer, griechischer und
lateinischer Sprache besteht, wer dies Gebet spricht, bleibt
in der Liebe Gottes;[4] es ist auch wirksam, wenn man es
über seine Thüre schreibt.[5] In der Kirche bedient man sich
eines Psalters, in welchen ausser den Psalmen auch die Responsorien und Pericopen verzeichnet sind.[6] Diejenigen, welche
lesen und singen können, treten in den Chor,[7] welcher von
dem Schiffe durch den Lettner getrennt ist; unser Held schaut,
da er sich im Chore befindet, durch eine kleine Oeffnung in
demselben nach der Haupteingangsthüre.[8] Der Priester tritt
aus dem Chore, lässt sich das Weihwasser nachtragen, um
damit die Andächtigen zu besprengen,[9] zuerst den Burg-
herrn und die Seinen; dies Weihwasser wird aus Wasser und

---

[1] v. 2273: „El mostier es Guillem intratz, e quan si fon agenollatz
davan l'autar de San Clemen Deu a pregat . . . . . e sancta Maria, San
Michel e sa compania e totz sans, ... des paters nostcrs diis o tres".

[2] v. 2126: „Adonc si leva e acina si, San Blaze pregu' e sant
Marti etc."

[3] v. 3461: „mas adoncas tost si lovet por tal que pucaca me[ss'] auzir".

[4] v. 2286: „et una orason petita, que l'ensenet us sau hermita,
qu'es dels 72 noms Dieu si con om los dis en ebreu et en latin et en gre-
zesc . . . . . ab Domideu troba merce totz hom que la dis e la cre".

[5] v. 2296: „non fara mala si nuls hom que de bon cor s'i fi' o
sobre si la port' escrieha".

[6] v. 2319: „ben sai legir mon sauteri e cantar en un responsier e
dir leisson en legendier".

[7] v. 2403: „en e vos el cor intrarem car ieu sai legir e cantar
quesacomet".

[8] v. 2417: „per un pertus poc vezer for Guillcms . . . . . ades
apinsa et agarda de Flamenca c'or' intraria".

[9] v. 2482: „el preire issi fora del cor, e portet li us vilas l'aiga
beneseita, vas N'Arcbimbaut, la ma dreita, per zo l'aigal don' avanz".

Salz bereitet. ¹) Nach dem Evangelium wird geopfert; während Andere ihre Gabe bringen, wird sie bei dem hohen Herrn abgeholt. ²) Das Johannesfest scheint nach unsrem Gedichte besonders hoch geachtet zu werden, denn an diesem Tage erscheint der Erzbischof von Clermont in Bourbon, um die Messe zu lesen und über Matth. 11, 9 zu predigen. ³) Auch die vorgeschriebenen Gebete werden genau beobachtet, da man vom Gebete eine hohe Meinung hat. ⁴) Die Bereitwilligkeit, für die Kirche zu spenden, zeigt sich darin, dass man Kerzen gelobt, wenn ein Kranker genest; ⁵) dass man einen Teil seiner Einkünfte zum Bau von Kirchen verwendet. ⁶) Die Fasttage werden genau beobachtet, man geniest an solchen nur, was die Kirche gestattet. ⁷) Auch der Aberglaube spielt seine Rolle: der Held unseres Romanes schlägt aufs geradewol den Psalter auf, um aus der zufällig aufgeschlagenen Stelle das Ge- oder Misslingen seines Unternehmens zu erfahren; ⁸) auch das Niesen gilt für eine günstige Vorbeden-

---

¹) v. 3884: „Al serven . . . . : fes aportar aiga e sal por aiga benezeita far".

²) v. 1443: „Il non anava ges ufrir an[s] li fazia lai venir Enz Archimbautz lo capella".

³) v. 467: „L'endeman fo la sanz Ioans, una festa rica e grans, es anc per el non s'amermet. L'evesque de Clarmon chantet aquel joru la messa major; sermo fes de nostre Senor, comen san Iuan tau auiet que plus que prophetal clamet".

⁴) v. 2926: „Dousors de precs Deu e sanz venz e la mar apaga els venz".

⁵) v. 5692: „Domna, ieu vueill ben qu'us baines, ... e fassaz candellas a sanz; e non si perda neis li partz de sau Peire, ques er dimartz, ans vueill ques aia un gran sire tan bel que tota gens lo mire".

⁶) v. 5064: „vos en darai [ieu] per sermansa que la renda qu'ieu ai en Fransa, doues a gliesas es a ponz".

⁷) v. 466: „de mantas guisas an peisso e tot zo que tain a dejun, am fruche" u. s. w.

⁸) v. 2300: „un sautier pren e ubri lo; un vers trobet de quel saup bo: zo fon: dilexi quoniam; „ben saup ar Dieus que voliam", ha dih soau, el libre serra".

tung. ¹) Der kirchliche Sinn hat jedoch auch seine Kehrseite, es sind mitunter ganz andre Dinge, an die man während des Gottesdienstes denkt. ²) Die Verlegung der Liebesintrigue in die Kirche, die erheuchelte Stellung des Helden, der sich für einen Kanonikus von Peronne ausgibt (cfr. v. 3560: en sui canorgues de Peirona) u. s. w. hat ihre bedenkliche Seite. Auch die Damen haben mitunter mehr Freude und Behagen an Turnier u. dergl. als am Gottesdienste und äussern sich in ziemlich starker Weise. ³) Andre Einzelheiten, dass Priester und Messner „cleres“, „cliers“, „clerson“ genannt werden (v. 3640; 3790; 3382); der Priester auch „preire“, „capellas“ (v. 2478; 2625; 2662; 3284; 3567); dass sie die Tonsur tragen (v. 3555); in Paris studiren (v. 3384; 3643); dass für den Messner in dem Münster selbst neben dem Glockenturme ein Gemach sich befindet, in welchem derselbe schläft, um Morgens rechtzeitig zum Läuten zur Hand zu sein (v. 3784; 3840); dass der Priester ein Mann ist, der gebildete Gesellschaft liebt (v. 2637); dass die Aebte Kreuze tragen (v. 336) — will ich nur beiläufig erwähnen. Besondere Beachtung verdient vielleicht aber die Art des Segenspendens, wie sie hier so häufig vorkommt unter der Bezeichnung „pas donar“. Nach Du Cange (Lex. med. et inf. latin.) bedeutet dieser Ausdruck soviel als „osculari“ in kirchlichem Sinne und „pax“ ein „instrumentum quod inter missarum solemnia populo osculandum praebetur“. Der Messner nimmt den Psalter und lässt eine bestimmte Stelle desselben küssen; den Leuten aus höheren

1) v. 5244: „Flanicuca sospira e muda color, et Alis estornuda e dis tantost: „ben vai l'affars; nuls affars non fora plus cara aora d'aquest estornut“.

2) v. 2270: „Amdui s'en van dreg al mostier, mais non son ges d'un consirier, quar Guillems a som pensamen tot en amor, ... e l'ostes pensa de gazain“.

3) v. 911f: Mas la donnas . . . . . dison: „Non es encara nona, et hom sena las vespras ja! so marit perda qui la va quandis cavalliers i biort! Ja per vespras nom perdam cort“.

Ständen wird der Psalter besonders dargereicht, während
man ihn sonst zu dem angegebenen Zwecke circuliren lässt.
cfr. v. 3163: 3849; 3920: 4192 u. s. f.

Anhang: Sprichwörter, Beteuerungsformeln.

Bartsch bezeichnet es (Grundriss S. 55) als eine lohnende
Aufgabe, die Sprichwörter, welche die provenzalische Literatur
darbietet, einmal zu sammeln. Ich gebe hier einen kleinen
Beitrag zur Lösung dieser Aufgabe aus unserem Gedichte;
cfr. auch F. Michel, II. v. Morungen S. 172. Schultz hat
nichts derartiges zusammengestellt. — Vielleicht ist schon
v. 214. „cavalgar pogran a domas" eine sprichwörtliche Redens-
art: sie gibt wenigstens einen einigermassen befriedigenden
Sinn, wenn wir mit Meyer statt „domas" etwa „damas = Damascus" lesen: wenn nämlich die Jongleure so stark an Mut
wie an Worten wären, so „könnten sie nach Damascus reiten"
d. h als Kreuzfahrer ins heilige Land ziehen. Wir lesen
ferner v. 1241: „d'aiso non dis ni buf ni baf" — er sagte
weder dies noch das; v. 1838: „provesbis es: qui trop s'azaisa
greu er si per amor nos laiza", etwa eine Parallele zu: Müssig-
gang ist aller Laster Anfang. wörtlich: wer sich zu sehr seiner
Bequemlichkeit überlässt, verfällt der Liebe. v. 2063: „adura
ben, aquel ti ve; adura mal, fai atertal" — man muss es
nehmen, wie es kommt; v. 2199: „autrui dol al badallas son"
— vielleicht nach dem Vorhergehenden: Des Einen Schmerz
ist des Andern Freude, wie es v. 2197 heisst: „tu as agut
dol del mieu ganh." v. 4076: „anc non ausi . . . lo proverbi:
d'aital grat n'aia [c]el, qu'en dormen sa donna baia"; v. 4105:
„si ben amas, ben tems" — wer liebt — fürchtet. v. 5137:
„Em petit d'ora Deus laora" — Gottes Mühlen mahlen lang-
sam. v. 5854: „cel quanc non menti" — eine stehende Um-
schreibung für den Namen Gottes; v. 6124: „qui non sap non
sap" — wem nicht zu raten ist, dem ist nicht zu helfen (?)
v. 5242: „qui non fes can far poiria, ja non fara quan far
volria" — man muss das Eisen schmieden, so lange es warm

ist. Die Beteuerungsformeln, die sich häufig finden, lauten: „per Christ" v. 1155; 3607; 4310; „fe que dei nostre Senor" v. 1158; „fe quem deves" v. 4195; „fe que dec vos" v. 4211; „per ma fe" v. 4250; 5402; „si Dieus m'ajut" v. 4222; 6355; „la merce Dieu" v. 6075; 6659; „per Dieu" v. 7058 und gar „Diábols!" v. 4279. - Zur Bekräftigung einer Aussage, um dies schlieslich zu bemerken, dient nach v. 6685 das Schwören auf Reliquien und der Handschlag: „sobre sanz juraria, ... qu'eu aissi tostems mi gardes co vos m'aves saïns garada, e prendes, sius plas, la palmada".

Ein Ueberblick über das vorstehend Gesagte ergibt offenbar, dass es ein reiches buntfarbiges Gemälde ist, welches der Dichter vor unsren Augen entrollt; es wird, was die Menge von culturhistorischem Material anlangt, nicht leicht ein zweites Werk der provenzalischen Literatur demselben an die Seite gestellt werden können und man wird es in einer Culturgeschichte des Mittelalters als bedeutsame Quelle nicht ausser Acht lassen dürfen. Abgesehen von kleinen Zügen, in welchen sich unser Werk von dem von Schultz u A. Beigebrachten unterscheidet; abgesehen von einzelnen Bereicherungen wie z. B. das über Bäder, kirchlichen Brauch, Minnedienst, höfischen Ton, Sprichwörter Gesagte, stimmt sein Inhalt, soweit es Culturgeschichtliches betrifft, im Grossen und Ganzen mit der von Schultz gegebenen Schilderung überein: eine ergiebige Quelle für die Kenntnis speciell provenzalischer Zustände und Sitten ist es also nicht. [1]

---

[1] Die Abhandlung wird auch demnächst in Steugel's Ausgaben und Abhandlungen Heft IV erscheinen.

Geboren 31. Oct 1834 zu Liebenscheid, Nassau, Sohn des verstorbenen Lehrers Hermanni, besuchte ich das Paedagogium in Dillenburg und die Gymnasien zu Hadamar und Weilburg, sodann zum Studium der Theologie die Universitäten Göttingen und Marburg und legte im Herbste 1857 das theologische Facultätsexamen in Herborn ab, worauf ich das dortige Seminar ein Jahr lang besuchte. Nachdem ich Herbst 1858 die theologische Staatsprüfung in Wiesbaden bestanden, begleitete ich von Herbst 1858 bis dahin 1870 verschiedene nass. Pfarrstellen; legte dann mein Amt nieder, um mich mit dem Studium der deutschen und neueren Sprachen zu beschäftigen, in welchen ich Herbst 1881, nachdem ich mich noch 2 Semester zu dem Zwecke in Marburg aufgehalten, vor der Kgl. Wissenschaftl. Prüfungscommission daselbst pro fac. doc. das Examen bestand.

Druck von W. Hommerle in St. Goar.